Kakapo'ya...

Bazı aşklar vardır hayatımızda iz bırakırlar. O anları ve kişiyi, ilk aşkımız belki ilk öpüşmemiz gibi hafızamıza kazırız. Zaman kara lekeleri siler ve yıllar geçtikçe yaşananları çocukluğumuzun güzel günleri gibi hatırlarız.

Bu mektuplar hiç gönderilmediler. Ama saklamak naftalin kokulu sandıklardaki çeyiz misali bir günah olurdur. Bu nedenle bir kitap olarak derlendiler.

Bir aşkın sonlarında kendi iç hesaplaşmamla, yaşananların anatomisini kelimelere dökme gayretinden doğan mektuplardır.

İyi okumalar

ÖZGÜR DEVRİM YILMAZ
Montreal - Ekim 2015

1. Mektup

Sevgilim,

Bu mektubuma nasıl başlayacağımı bilemiyorum. Bir taraftan sana söylemek istediğim o kadar çok şey varken bir tarafım susmak istiyor. Zaman konuşsun.. Zaman iyileştirsin bizi diye.. Ama sessiz kalamam. Her ne kadar sessizlik bazen altın olsa da seninle konuşmam gerek.. Anlatmam gerek duygularımı, içimdeki bütün aşkı..

Nasıl olacak bu ? Kelimeler yetmez ki. Nasıl anlatsın anlamsız kelimeler sana olan aşkımı.. Nasıl sözlere dökülebilir ki sana olan özlemim.. İçimde yaşadıklarımla kelimeler, cümleler çölde sussuz kalmak gibi. Nasıl yetsin bütün cümleler.. Nasıl toplayabilirim ki olan her şeyi, duyguları, yaşadıklarımızı bir kaç satıra.. Ama olsun söylenmesi gereken şeyler var. O yüzden bu yazı.. O yüzden bu mektup..

Şimdi sana yazıyorum ey sevgili.. Dinle beni kalbinle.. Yüreğinle.. Bırak o nalet yargılayan düşüncelerini, bırak öfkeni, bırak sevgisizliğini ve hayal kırıklıklarını.. Gel beni dinle şimdi..

Sana olan özlemimle başlayalım. Özlüyor musun sen de beni.. Senin de düşüncelerin binlerce yıldızın altında bile beni buluyor mu ?

Özlemek ne garip bir şey.. İsteyipte ulaşamamak.. Kalbinin sessini susturmaya çalışmak.. Engelleri yıkmak istiyor insan. Sana koşmak sarılmak ve hiç bırakmamak istiyorum. Ne olacak bizim halimiz...?

Biz bu özlemle mi yaşayacağız ? Başka özlemleri mi özlemimizin yerine koyacağız ? Nasıl olacak söyleyebilir misin bana ? Sususuyorsun biliyorum. Benim de cevabım yok bu sorulara.

Tek bildiğim bir gün daha geçmesin sensiz. Özlemin olmasın artık. Biz olalım. Sen ve ben.. Biz birbirimize tapalım. Bir tek biz olalım bu koca yapayalnız dünya da... Başka nasıl geçer bu hayat ki ?

Daha azı ile mi yetineceğiz artık ? Bir başkasında mı bulmaya çalışacağız birbirimizde bulduğumuzu. Yeni arayışlar mı olacak hayatımızda.. Bırak canım.. Bırak bunları.. Gerek var mı ? Gerek var mı bu işkenceye, bu yalnızlığa bu özleme... ?

Daha kaç gece yalnız geçireceğiz. Nasıl geçecek bu ömür ?

Şimdi sözler dökülüyor dilimden ama yetmiyor. Sussuzluğuma çare değil bu kelimeler.. Nede özlemi mi... Boş ver olsun özlem.. Sana olan sevdamın bedelli. Besbelli seni bu kadar sevmesem olmazdı bu özlem. Ne sen olurdun ne bu ben.. Nede biz..

Şimdi ne yapacağız söyle bana ey sevgili.. Bir gün çıkıp gelecek misin bana ? Bir gün apansız kapımda göreceğim mi seni ? Biliyorum gururlusun. Biliyorum güçlüsün. Gücün ve gururun sevginden daha da mı büyük ? Hala var mı rasyonalize etme gayrettin ? Hala sorgulayacak mısın bu sevgimizin derinliğini...?

Ne olacak bize söyler misin ? Ne yapacağız biz hayatımızın geri kalanıyla...? Sevgimizin köklerini mi kurutacağız boş arayışlarla ? Olsun, sevgimiz olsun. Zaman içinde gökteki yıldızlar gibi asılı kalsın her gece.. Her gece binlerce yıldız altında bizim aşkımız parıldasın. Kuzey yıldızından bile daha parlak olacak eminim..

Sen beni düşündüğünde ben de gökyüzüne bakacağım. Yıldızımız bana göz kırpacak.. Sen olacaksın içinde, biz olacağız birlikte... O yıldız işte.. O yıldız parıldamak zorunda.. Güneşin parıltısı bile saklayamaz sana olan sevgimi.. Güneş bile köreltemez aşkımızın o kusursuz görüntüsünü..

Güneşte neymiş. Biz daha büyüğümüz.. Sevgimiz daha derin her gezegenden her nesneden. Çünkü Tanrı nın ta kendisi sevebilmek.. Hiç bir şey sevgiden daha büyük olabilir mi ? Hiç bir şey aşkın derinliğini geçebilir mi ?

İşte öyle bir aşkla seviyorum seni.. Sen.. Sen... ve yine Sen.. Her cümlede, her düşünce de. Bırakta dökülsün içimdekilerim sen sadece dinle.. Bu şu an tek istediğim.. Sözlerimi duy kalbinde..

Ne diyorum sana..? Nedir bu deliliğim ? Nedir sana olan bu sevgim ? Daha ne kadar büyük olabilir iki insan arasındaki bağ ? Aşk değil mi her şeyden üstün olan..? Bizler sevilmek için yaratılmadık mı ?

Ne oldu bize..? Biz bu kadar severken araya ne girdi ? Yargılarımız mı..? Taşıdığımız yükler mi ? Nedir söyler misin derdimiz ? Ne yapacağız biz..? Hadi unut bunları.. Başka şeylerden konuşalım.

Belki ilk günümüzden başlarız. Hatırlarız.. Nasıl aşık olduğumuzu ? Paylaştığımız anları... Boş ver ne olmuşsa olmuş.. Ne acı yaşanmışsa; bu aşkın bir bedeli... Bırakta derinliği olsun bu aşkın. Yoksa niye olur ki ızdırabı.

Sen yine bana gel bir gün.. Hiç habersiz. Hiç tereddütsüz. Kapımda belir sıradan bir günde.. Seni sarmalayım. Kısa da olsa sana sarılayım. Öp beni.. Eskiden olduğundan daha büyük bir istekle. Zaman girmiş araya özlem girmiş araya... Aşkımızın derinliğini fark etmişiz.

Sarıl bana.. Sarıl sadece.. Sözlere gerek yok. Ruhum, bedenim zaten söylüyor her şeyi... Özlemin zaten derin bir yara... Bırakta iyileşsin.

Özle beni şimdi... Bu mektubum bu nedenle sana.. Özle ki.. Aşkımızın derinliğini hatırla. Özlemin büyüsün içinde.. Odandaki duvarları aşsın. Meleklerin kanatlarında havalansın. Kuşların sessinde yankılansın. Özlemin bana koşsun. Sarmalasın bendeki özlemi.. Beraber olsunlar.. İkimiz bir arada olmasakta aşkımızın özlemi buluşsun zamanın ötesinde bir yerde..

Öpüyorum şimdi seni...

Sevgilerimi yolluyorum..

O.

2. Mektup

Sevgilim,

Güne yine seninle uyanıyorum. Yine sen varsın aklımda, uzaklarda olsanda, biliyorum ki, düşüncelerim etrafında, seninleler, bütün gün..

Yağmur var bu sabah.. Damlalar, damlalar, yağmur damlaları. Temizlesin diye bekliyorum bütün çirkinliği ama nafile gökteki gri bulutlar bugün burada. Ne güneş çıkar, ne de rüzgar bu bulutları dağıtır. Ruhumu esir alacak bu duygu. Sensizliğin gri bulutları, bitmek bilmeyen düşen yağmur damlaları.. Hepsi seninle gelen düşünceler...

Bir an hayal edebilir misin benimle.. Bir yaz gününü.. Bodrum belki. Sen ve ben bir gün batışı. Evlilik işte. Arkadaşlarımızın ve sevdiklerimizin önünde. Senin hayatını bana, benimde sana adayacağımızı söylediğimizi düşünsene.. Ne güzel olurdu. Ne güzel bir düşünce, mutluluk.

Şimdi ne kadar uzaklardayız. Ne kadar birbirimizden kopmuşuz. Sen bir başka yerde, ben burada. Yapabileceğim tek şey seni düşünmek, sonra da burada seninle gönderemeyeceğim bir mektubu kendimle paylaşmak...

Nasıl olurdu sen bu yazdıklarımı okuyabilseydin ? Kalbin beni anlar mıydı ? Ruhun beni ister miydi ? Sen bana geri dönmeyi bir an olsun aklından geçirir miydin ?

Nasıl olurdu acaba.. Biz acabalar ve olasılıklar arasında yaşıyoruz. Umutlarımızla bekliyoruz. Sanki beklemek bizim çözümümüz. Hayır değil, sevgilim. Biz beklememeliyiz. Kalbimizin sesini dinlemeliyiz. Tanrı o yüzden bize kalp verdi. Dinlememiz için, takip etmemiz için, sevgimizin götürdüğü yere gitmemiz için. Özlem çekmemiz için bu kalp burada.. O saye de bizim ruhumuz aradığı ikizi bulur. O saye de bizler o mantık ve egomuzdan sıyrılıp kalbimizle yaşarız.

Ama.. Ama.. Bizler daha o noktada değiliz. Belki seviyoruz. Belki çok seviyoruz. Belki sadece ben seviyorum. Ama daha çok uzağız kalbimizin sesini duyup takip etmekten. Böyle olmaması gerek. Ama öyle..

Ne melekler, ne bilge büyükannemiz bize yol gösterebiliyor. Tamamen dışlamışız her şeyi. Ego mu bu acaba ? Yoksa başka şeylerde mi katmışız araya. Bilmiyorum. Tek bildiğim şey bizlerin hayattan dersimizi öğrenemediğimiz, bir şeyleri hala beceremediğimiz.. Öyle değil mi sevgilim..? Biz neyi becerebiliyoruz ki..

Birbirimizi sevmeyi bile beceremişiz.
Daha ne kadar büyük bir ayıp
yapabiliriz ki Tanrı huzurunda..

Tanrı seni ve beni ideal zamanda
karşılaştırdı. Bunca sene bunu için
hazırladı. Biz ne yaptık ? Söylesene biz
ne yaptık ? Biz yüzümüze gözümüze
bulaştırdık.

Basit insanların basit aşkları seviyesine
indirdik sevgimizi.. Bu mu bize layık
olan ? Bu değil.. Bunu biliyorsun.
Biliyorum belki de içinde bir yerde bir
daha denemek, bu sefer başarabilmek
arzusu olabilir. Ama sen hazır değilsin.
Nereden mi biliyorum ? Çok basit.
Hazır olsan yanımda olurdun. Bensiz
nefes bile alamazdın. Bensiz yaşadığın
her anın kayıp olduğunu bilirdin.

Daha göremiyorsun belki.. Olsun..
Hayatın bize vermesi gereken dersler

var demek ki. Sana sevmeyi öğretememiş bunca sene.. Ben ise bütün kalbimle sana sevgimi versem de sen sevememişsin. Bu kadar basit. Daha ne yapabilirim ki. Benim bundaki dersim nedir ? Ne öğrenmem gerekiyormuş ki...

Olan olmuş. Şimdi sen bir yerlerde gününü öldürüyorsun. Belki yoga yapıyorsun unutmayı kolaylaştırıyor belki de; belki bir yerlerde tatildesin, kendi ufak cennetini yaratmışsın bensiz bir yerlerde; belki arkadaşlarınla toz pembe bir dünya'yı paylaştığını inandırmışsındır kendini. Bil ki hiç biri ama hiç biri bir çözüm değil. Ne sana faydası var ne bana.. Biz değiliz artık. Sen varsın. Bir de ben varım. İki ayrı ruh olduk. İki ayrı beden de.

Bedenlerimiz birleşmiyor artık. Ruhlarımız sevişmiyor artık.

Dudaklarımız öpüşmüyor artık. Ne acı..
Ne büyük ziyan. Ne büyük ihanet
Tanrı'nın bu hediyesine...

Ama bizler yaramaz çocuklarız. Bizler
modern çağın şımarık çocuklarıyız.
Bizler bencilce yaşamayı öğrenmiş
sonra da ustalaşmışız. Neyimize
yarayacaksa.. Neresinde mutluluk
bulacaksak..

Ne yapayım. Bu sözlerim bile boş. Ne
desem ki. Hepsi hepsi boş. Çünkü kader
mi böyle bunu bilemiyorum. Hep
kaderimizde ararız suçu. Senin suçun
nedir ? Beni sevmemek, sevememek.
Tanrı'nın hediyesine ihanet etmek..
Erkeğini terk etmek. Geri dönmemek..
Ama sen bunları kabul etmeyeceksin. O
yüzden susuyorum. Konuşmayacağım
günahlarından.

Sen güçlü bir kadınsın. Hep haklısın. O

muhteşem zekan seni yine haklı çıkaracak. Sen yine mantıklı açıklamalar bulacaksın. Ustasın bu konuda.. Keşke ilişkilerini de becerebilsen. İniş çıkış, kaos yerine sevgi verebilsen..

Ama sen o değilsin. Sen o kadın değilsin. Sen sevemeyen bir insansın. Bu ne senin suçun nede bir başkasının.

Sen hayatın akışında böyle oluşmuşsun. Sevmemeyi öğrenmişsin. Kendini korumuşsun. Şimdi tam sevmen gerekirken sevemiyorsun işte. Bu senin suçun değil belki de. Belki de sevilmeye ihtiyacın olmamış. Öyle yaşamayı öğrenmişsin.

Bense, sana ne kadar sevgi versem yetmiyor. Biliyorum. Bu hayatın gerçeği.. Bir kara boşluk gibi içinde kayboluyor her şey. Yok oluyor bütün aşk, sevgi, özveri..

Şimdi yine sana söyleyeceklerim var.
Ama biliyorum beni dinlemekten
yorulmuşsundur. Gerçekleri konuşunca
insan ağır geliyor duyana o yüzden
susuyorum bugün burada. Ama,
okuyabilmeni istiyorum sana yazdığım
her satırı, hem cümleyi, söylemek
istediğim her arzuyu ve düşünceyi..

Belki bir şekilde o yüreğine sızar. Tıp
kı, yaz sıcağında kavrulmuş topraktan
zeytin ağacının köklerine inen su gibi
olur sözlerim.

Belki biraz merhamet, biraz sevgi, biraz
özlem lazım. O zaman belki.. Belki bir
gün karşılaşırız bir yerde, belki iki dost
belki iki sevgili gibi..

Seni seviyorum...
O.

3. Mektup

Sevgilim,

Bir sabaha daha uyanıyorum sensiz.
Zaman nasılda geçti.. Nasıl da hemen
sabah oldu.. En son seni düşünüyordum
dün gece.. Uyanıklıkla uyku arasında
seni hayal ediyordum. Birden dalmışım,
gitmişim senin peşinden..

Uyandığımda sabah olmuş. Sen yoksun
biliyorum. Ama düşüncelerinle
uyanıyorum yine.. Bu sabah yine aynı
şeyler, kahvaltı, arada çay, arada
geçmişten bir anımız, sonra eski
günlerimizden bir kesit.. Bundan
şikayetçi değilim. Ben alıştım artık
hayaletlerinle yaşamaya, hayalinin
peşinden her gece koşmaya.. Bu böyle
artık, böyle kalacak belki de..

Ne gerek var başka bir şey düşünmeye..
Seni düşünmek varken bu düşüncelerin
en güzeli değil mi ? Seni hatırlamak

belki de benim içimdeki acıyı dindiren merhem oluyor. Bir an olsun bulduğum huzur, bir an olsun yaşadığım mutluluk, geçmişe dönüp bizi hatırlamakta saklı belki de.

Ne yapalım ? Kader böyle değil mi ? Biz seçtik mi bunu gerçekten ? Biz istemedik mi ayrılmayı ? Yoksa ayrılık için birde kara melek mi var ? Bir gece gelip aramıza girip yaşadığımız büyüyü bozan bir kara melek mi var ? Biz bunu mu çağırdık sence ?

Bırak diyor bir yanım, olan olmuş. Ne zamanı geri alabiliyoruz. Ne olanları silebiliyoruz. Bizler zamanın tek istikametinde yolculuk yapan ruhlarız. Sen şimdi başka bir yöne, ben de başka bir yöne gidiyorum. İnan bana, bizden daha büyük şeyler var bu evrende, sevgi ve düşünceler kaybolmuyor. Dualar ve dilekler silinmiyor. Bil ki, yukarda bizi izleyen melekler düşüncelerimizi kanatlarında taşıyorlar.

Bir de gökteki yıldızımız var.. Aşkımızın simgesi.. Orada parıldayacak biz bu dünya'dan göç ettikten sonra bile.. O yıldızın parıltısı, senin gözlerindeki ışıltıdan bir parça. Bana sarıldığındaki o mutluluktan kopan bir parıltı. Şimdi bir ömür boyunca aşkımızın simgesi olarak gökte asılı kalacak.

Güneş.. Güneş bizim değil.. Herkesin.. Herkes için parıldıyor. Herkesi ısıtıyor. Biz herkes değiliz. Biz bizimiz.. Biz, sen ve benimin toplamıyız. Biz zaman denen bir aldanma içinde dans eden iki ruhuz aslında.

Bu yaşamda ve bundan sonra da biz olacağız. İki ruh, bir başka zamanda yine buluşacağız. Seveceğiz.

Acılarımızı çekip tekrar birbirimizi seveceğiz. Biz sevmeyi öğreniyoruz. Biz Tanrı'nın çocuklarıyız. Biz birbirini bulmuş iki sonsuzluğuz...

Bir gün belki bizden doğacak bir yeni can.. Sevginin sevgiyi doğurması gibi hayatta katılacak. Yaşayacak.. Yeşerecek, büyüyecek. Senin ve benim bizimiz olacak.. Ama daha değil.. Belki bu yaşamdan sonra.. Belki yüz yaşam sonra olacak.

Ama her şeyden önce, sen hazır olman gerek mutluluğa. Sevmeyi bilmen, sevilmeyi kabullenmen gerek. Her şeyden çok aşka teslimiyeti öğrenmen lazım.. Ama her şey zamanla.. Kabullenmesem de, farkındayım; zamansız bir zamanda sevdim seni. O yüzden ayrıyız bugün..

Daha öğrenecek çok şeylerinle geldin

bana. Çekecek acıların, yaşanacak ızdırapların, aşılacak korkuların vardı. Ben girdim hayatına her şeyin arasında. Zamansız bir zamanda sana sevgimi verdim. Bilemedin ne yapacağını, nasıl bu sevgiyi sahipleneceğini. Korktun, kaçtın, savaştın, sabote etmeye çalıştın. Sonra da yok ettin. Her şeyi.. Evet.. Her şeyi yok ettin.

Suçlama değil bunlar. Sadece olanlar, değiştiremediğimiz geçmiş. Burada kimse haklı çıkmayacak ki, suç ben de veya sen de olsa da değişmeyecek yaşananlar.

Biliyorsun ki, yok etmek istemesende yok etmen gerekliydi. İnanmıyordun ki gerçekten sevilebileceğine; sevilmeye layık olduğunu kabullenemiyordun söyleyemesende. En yüce sevgi bile senin kabullenebileceğin, alabileceğin kadarı kadar senin.. Duyduğun sözlerin anlayabileceğin kadarı senin..

Sen sensin. Sevilmeyi öğrenmeyi sadece denemiş bir kadınsın daha.. Belki de bu yüzden hayat bazen sert, bazen zor cevaplar vermiş sana.. Bu senin tercihin, senin yöntemin.. Hayatın sana senin ona verdiğin cevaba yanıtı yaşadıkların.. Kaçamazsın. Kaybolamazsın. Yok olup bir daha başlayamazsın. Yaşayacaksın. Benden önce yaşadığın gibi benden sonra da hayatın sana öğretmeye çalıştıklarıyla yaşayacaksın.

Bil ki, hiç bir şeyden ödün vermeyen bir kadın olarak, acılarını da yaşayacaksın. Kabullenmesen de kanatlarını kesip seni mahkum edecek korkuların.. Yenik düşeceksin zaaflarına. Bunları sen yarattığını bileceksin. Benimle geçirdiğin günlerinde, sen bilemedin, isteyemedin,

yaratamadın huzuru. Bil ki, öğrenene
kadar hayat peşinde olacak. Çünkü,
bilincinden daha büyük bir güç var
bunun arkasında bu kaderinden de öte..

Yaşanması gereken gerçekler bunlar.
Sense, kaçtın. Kaçmayı seçtin.
Gerçekleri yaşamak yerine, sevmek
yerine fantezilerine esir olmayı seçtin.
Fantezilerinde suçluluk duygusunu
buldun. Biliyorsun.. Biliyordun..
Bileceksin.. Her kaçışında
kaçamadığını hayatla her köşe başında
karşılacağını göreceksin.

Benden kaçtın. Bizi yok ettin.
Sevgiden, sevilmekten de uzaklaştın.
Bu senin içgüdün. Böyle yetiştin, böyle
büyüdün. Ama artık çocuk değilsin.
Kabullenmelisin hayatı.. Sevmeyi
öğrenmelisin. Erkeğini sahiplenmelisin.

Ben seni nasıl sahiplenmişsem sen de

bana sevgiyle teslim olmalısın. Nasıl ben seni severken yaralanmayı göze almışsam sen de kalbini açmalısın. Çünkü sadece kalbinden girebilir sevgi, gözlerinde parıldayabilir, mutluluğa dönüşebilir. Sen sevdikce içinde huzuru, neşeyi, sevgiyi bulabilirsin. Ama benim bunları konuşmamın anlamı yok şimdi. Çünkü, sen hala hayal dünyanda yaşamayı seçiyorsun.

Zamana havale etmek gerek bazı şeyleri. Sen bunları yaşamadan bilemezsin. Anlatsam havaya konuşuyor olurum. Nasıl sen sevilmenin derinliğini hissedebilirsin ki, sen sevemezken ? Sen nasıl mutluluğu paylaşabilirsin ki ilk paylaşmayı bilemezken ?

Seni ben böyle sevdim. Zamansız sevdim. Kusurlarınla sevdim. Kusurların değil bunlar. Bunlar seni sen yapan güzellikler. Yaralarının sarılmasını bekleyen bir kuş, sevilmeyi özleyen bir çocuk içinde... Ben bunu sevdim. Bunun için savaştım.

Sen.. Sen.. Her şeyde sen oldun. Olmalıydın. Başka nasıl olabilirdi ki.. Ben başka türlü sevemezdim ki seni.. Sen sen olduğun için yanındaydım. Seni o yüzden kucakladım. Kimsenin göremediğini gördüğüm için seni kaçmadım. Korkmadım. Cesurca senin için savaştım.

Bir erkek başka nasıl olabilir ki zaten. Seni seven bir erkek.. Her şeyi göze almış olması lazım. Sen sıradan değilsin. Kolay değilsin. Problemlisin. Ama o problemler asıl engeller.. Aşılması gereken feth edilmesi gereken kaleler. Hiç bir erkeğin cesaret gösteremediği ejderha, tırmanamadığı dağ, yüzleşemediği iblisler bunlar...

Ben çıktım, savaştım. Her şeyi riske ettim. Her şeyi masaya koydum. Bir tek, bir tek sen içindi bütün bunlar... Ama.. Ama ejderha değildi kaybetmemin sebebi, yorgunluğum değildi dağın tepesine ulaşamam.. Sen Brutus olmuştun. Hancerinle deştin umutlarımızı, yok ettin mutluluğumuzu..

Kötülükler kraliçesi oldun birden.. Gözünde kin, içinde nefret... Yok etme arzusu, şiddet.. Patlayan bir yanardağ... Alıp götürdü bütün güzellikleri..

Geriye.. Geriye sadece çöl kaldı. Yalnızlığın rüzgarlarının estiği bir ıssız çöl.. İnsan çölü.. Kaktüs gibi dikenleri olan insanların dünyasına geri döndün. Olsun. Bunu böyle seçtin.

Kaderinin böyle olmasını istedin. Öylese öyle olsun. Bekleyelim. Bir sonra ki yaşama belki.. Biz bir daha başlarız. Bir daha deneriz birbirimiz sevmeyi.. Ben yine şövalyeliğine soyunurum. Senin için savaşırım. Ejderhalarınla kılıcımla yüzleşirim.

Biliyorum çok şey söyledim bugün.. Dinlen artık. Düşünme bunları..

Seni seviyorum ey kadın..

O.

4. Mektup

Sevgilim,

Sana niye ayrılık mektupları yazıyorum ? Özleminin binbir tarifini dile getiriyorum. Yerine kavuşma mektupları olsa seni ne kadar çok sevdiğimi, günlerimizin ne güzel geçtiğini yazsam.. Hani o yaşlı çiftler gibi yılların hatıralarını biriktirsek, beraber yaşlansak, beraber ölsek, sonra tekrar dirilsek..

Her şey keşke benim elimde olsa, bir sihirli çubukla her şeyi tekrardan yaratabilsem, tekrardan düzene koysam.. Bir silbaştan olmadan olsa bütün bunlar.. Ama nafile.. Her şey nafile.. Sana ayrılık, sana özlem mektupları yazmam gerekiyor. Başka ne yazabilirim ki .. ?

Sana özlemim, işte bütün mesele burada başlıyor. Burada dallanıyor, burada cümlelere dökülüyor. Sonra da, sonra da tekrar can buluyor.. İsterdim ki, bütün bunlar olmasa bütün bunlar yazılmasa sadece hayat senin özleminle dolu olmasa...

İşte öyle sevgilim. Sormuyorum beni özlüyor musun diye.. Cevabından korkuyorum. Özleminin olmamasında kaçıyorum. Ya özlemiyorsan.. Evet... Ya özlemiyorsan.. Tabii ki özlemiyorsun.. Özleyebilmek için ilk sevmek gerekiyor. Sen beni sevemedin ki... Sadece duyguların inişleri arasında yarattığın fırtına da kaybetmekle kaybetmemek arasındaki denizde çırpındın.

Çırpınmak nafile.. Bir yere gidemez insan.. Bir yerde de duramaz.. Bir garip duygudur çırpınmak.. Kaçmaktır aslında ama nereye kaçacağını bilemeden.. Sende bilemedin nereye gideceğini, ne yapacağını, sadece çırpındın eski günlerindeki gibi. Ne için, neye çırpındığını bilmeden öylesine bir fırtına yarattın..

İkimizde boğulduk o denizde.. Ne melekler bulabildi aşkımızın cesetlerini nede balıklar ziyafetini sürebildi.. Biz yok olduk. Kavuşamadık. O yüzden sana kavuşma mektubu yazamıyorum.

Kavuşamadık biz.. Duyuyor musun sevgilim.. Biz kavuşamadık.. Neden ? Neden ? Neden ? Söyler misin bana... Bizi neden boğulmaya mahkum ettin.

Bilmiyorum.. Aslında bilmekte istemiyorum. Dayanamıyorum. Ne gerçeklere, ne hayatta, ne senin özlemine.. İşte öyle.. Biz bizi başka bir yerlerde.. Aşkımızın cesetleri bulanamadı hala.. Otopsisi yapılamadı. Neden ayrıldığımız halen meçhul.

Öyle olsun. Öyle istedin. Öyle oluyor. Bu kaderi seçtin. Bende kurbanın..

Şimdi, güzel bir şey düşünmek istiyorum. Bu kolay.. Sadece eski günlerimize dönmem yeter.. Ama bugün eski günlere dönmek istemiyorum. Onların birer hatıra, birer anı olduğunu kabul etmek istemiyorum. Gerçek bu olmamalı. Hayat bu kadar acı olmamalı.. "Bizim gerçeğimiz bu olamaz" diyorum.. Ama nafile..

Dante bile cehennemi böyle yazmadı.. Dokuz kat yukarısı veya aşağısı değil... Bu arafta kalıp cehennem azabı yaşamak.. Ama olsun.. Yine kabul ediyorum. Sen kazandın.. Bu senin romanın.. Bu senin destanın...

İnan ki, kimse senden daha iyi yazamazdı bizim aşkımızın hazin sonunu.. Shakespeare bile mutluluk katmış, sevgilileri ölümde bile ayırmamıştı. Bizim sonumuz daha hazin.. Senin elinden çıkan bir destan bu...

Okuyor musun bunları ? Geliyor mu sana sözlerim.. Ne hissediyorsun ?

Biraz sağırım, biraz uyuşuk duygularım, acı her halde beni biraz hissetmekten öte bir yere götürdü... Şimdi aklıma Bodrum geldi.. O sahil, o gün batışı, esen hafif meltem, senin güzelliğin, o altın rengi güneşin ışığı...

Nasıl ? İşte böyle yaşıyorum.. Bu ancak hafifletiyor özleminin ızdırabını...

Bırakıyorum seni.. Bırakıyorum binbir düşüncelerime. Onlar sarmalasın seni. Onlar sarsın benliğini.. Onlarla yaşa.. Onlar seninle yaşasın.. Benden çıkıp sana gelsinler.. Senin olsunlar.. Seninle yaşasınlar ilelebet..

Düşüncelerim belki bir tohum eker
içine.. Özlemim yeşerir.. Hasretim
dallanır kalbinde.. Sonra sevgim
filizlenir beyninde. Çiçek açar mutluluk
benliğinde..

Bunları benden bilirsin. Bende
hissedersin. Bu sana duam.. Bu sana
dileğim..

Şimdi Peri'ye dua edeceğim. Sana
bunları versin. Ben veremem. Senin
kalbin bana kapalı. Ama peri verebilir.
O bir melek artık. Senin bir zamanlar
dua ettiğin şükrettiğin melek.. Artık dua
etmiyorsun ona.. Neden ?

Sana sevgilerimi yolluyorum bugün...
İyi gelir diye umut ediyorum.
Uzaklardan bir yerden gelen bir iyi
haber gibi olur belki.. İçinde hissedersin

güzel bir duyguyu..

Belki bir an için gözlerini kapatırsın.
Benimle o güzel akşama gelirsin
Bodrum'da.. Ben oraya gidiyorum
şimdi..

O.

5. Mektup

Ey Sevgilim...

Bugün değişik bir gün... Seninle paylaşmak istediklerim var. Aklımdalar dönüyorlar, dönüyorlar, içimde tutamıyorum. Adeta bir yanardağdan fışkıran lav gibi hislerim, düşüncelerim.. O yüzden buradayım. Sana yazıyorum yine..

Hatırlıyor musun seninle tanıştığımız o ilk geceyi.. Yıllarca o kadar birbirimize yakın yerlerde yaşayıp karşılamayıp her şeyi o kutsal geceye saklanmış olduğu o harika mayıs gecesini.. Nasıl oldu da birden çıka geldin. Kim gönderdi seni.. Kim çağırdı..

Seni onca zaman önce tanımak varken neden o kutsal gece.. Her şeyin başladığı o güzel gece.. Cevapları bende değil bunların.. Tanrı katında bir yerde her şey.. Sormuyorum. Sadece şükrediyorum. Sevipte bu kadar derin duyguları yaşayabildiğim için.. Kaç insanoğluna nasip olur bu kadar sevebilmek ?

Biliyorum şimdi geçmişin, yaşadıklarımızın acısını yaşıyorum. O kaçınılmaz. Ne kadar yüksek bir yerden uçarsan ne kadar yükselirsen o kadar büyük düşüşü.. Ben Ikarus'tum. Aşıktım sana.. Uçup yükselmek aşkı bütün benliğimde yaşamak istedim. Seninde beni sevmeni istedim.

Tanrı kanatlarımı gördü. Meleklerle uçtum bir ara.. Kanatlarımızı beraber çırptık. Ama sonsuz aşka, Allah'a bu kadar yaklaşınca İkarus oldum. Şimdi ölümlüler arasındayım. Kanatlarım yok artık. Kesildiler. Yok oldular. Eridiler.. Hepsi yitirildi.

Ama bir yüreğimin kanatlanmasına

tanık oldum. Derin sevdaya, meleklerin arasında dolaşmaya, aşkla sarhoş olup Tanrı'nın yüceline şahit oldum. Kim pişman olabilir ki bundan.. Sıradan bir hayat mı yaşamalı insan... Ne gerek var sıradanlığa.. Ne gerek var basit, sade, renksiz bir hayata.. Ne kalacak geriye...

O ölüm anında bütün her şey gözünün önünden birden geçtiğinde neyi hatırlayacağız.. Ben bunları hatırlamak istiyorum. Melekleri, aşkı, seni.. Sevmeyi, uçmayı, yükselmeyi, yüreğimin kanatlanmasını... Daha fazla ne olabilir bir insan için. Bizler ziyaretçiyiz bu alemde. Daha ne sıkıştırabiliriz bu kısacık ömüre..

Boşa geçmemiştir eğer bir insan böyle derinden sevebilmişse hiç bir şey yapmamış olsa bile aşkı kalbinde yaşamışsa gerisi sadece hikaye.. Geriye bu dünya'dan hiç bir şey götürülemiyor.

Ne para, ne hırs, ne arzu, nede eş..
Sadece aşkı götürebiliyorsun birde
hatıralarını...

Melekler valizine sadece bunları
sığdırmana izin veriyor. Tren dolu..
Yolculuk tek istikamet.. Yukarı Tanrı
katına.. Bir yer... Orası da cennet
olmalı. Evet. Günahkarlar var.. Onlar
cehennem azabı yaşıyorlar zaten.
Sevgisiz, aşksız bir hayatın içinde ot
olmuşlar. Daha Tanrı ne ceza versin.
Meleklerle daha ne siciline yazsın. Boş
bir defter olacak mahşerde.. Hiç bir şey
olmayan boş bir defter.

Seni de yanımda alıp götürmek
istiyorum. Seninle olmak her yerde..
Cennette, bu alemde, başka zamanda,
başka dünyalarda.. Ama beklemek
zorundayım. Bu yaşam için belki
sadece bu kadarı bana nasip. Daha
fazlasını istemek belki de ayıp..

O yüzden sorgulamıyorum bugünümü.. Buysa bütün her yaşadığımın bedelli. Kırkındaysa mutluluğu, aşkın en derinini yaşama zamanım varsın öyle olsun. Öyle olması benim kaderim belki de.. Bizim ortak kaderimizmiş bir araya gelmemiz.

Gönül isterdi daha uzun beraber paylaşabilseydik bu hayatı. Neler sığdırdık koskoca bir buçuk seneye. Bir hayat, bir aşk, onca anı.. Daha ne isteyebilirim ki senden.. Çok isterdim sende beni sevebilmiş olmanı, bana bütün benliğinle teslim olmanı, aşkıma ortak olup aşkımız yapmanı.. Ama buna da şükür. Buda dualarımın kabulü..

Bugün eski resimlerimize baktım. O ilk gecenin resimlerine. Nasılda gelmiştin. Bir anda.. Giydiğin o ayakkabılar, o t-shirt, o saçlar.. Aşktı ilk anda.. Heyecanlandım. Kalbim yerinden fırlayacaktı adeta. Yine de sakin davranmaya çalıştım. Zamana bıraktım senin beni sevmeni, istemeni.. Bir koca ay geçti aradan. Sana dokunmadım.

Yemekler, sohbetler, çaylar, kahveler... Gözlerindeki parıltıyı gördüm. Bekledim. Beni arzuladığını bilsemde zamana bıraktım beni sevmeni.. Beni istemeni.. Oysa sen başka bir yerden geliyordun. Eski alışkanlıklarını devam ettiriyordun. Benim beklememin bir anlamı yokmuş. Gereksiz bir heyecanla her şeyin kendinden akmasını istemem boşa bir dilekmiş..

Sen kararını vermiştin. Beni istemiştin. Sevmekse senin bildiğin bir duygu değilmiş. Aşk yoktu senin için. Sen duyguların iniş çıkışlarında yaşıyordun. Senin hayatın kaybetmekle kaybetmemek arasında yaşanıyordu. Ben daha göreceğim çok şey vardı.

Ben fırtınalı denizlerde yolculuk yapacak Odisseas'tım. Her şeyi riske atıp aşkım için savaşacak deliydim. Açıldım senin duygusal fırtınalarına....

Sevgilerimle sevgilim..

O.

6. Mektup

Sevgilim,

Dün gece uykuyla uyanıklık arasında senin hayalin geziniyordu. Uyandım sabahın dördü.. Soğuk bir ev, boş bir yatak, birde ben.. Düşüncelerin hayalet, geceleri benimle.. Kaçamıyorum. Saklanamıyorum. Her yerdesin. Her seste, her eşyada, her bakışta, her şarkıda, her sözde sen varsın biraz...

Doktorun doktorum oldu. Sordum nedir bu durum diye.. Bana bunun obsesyon olduğunu söyledi. Doğru.. Aşk, sevmek bir obsesyon değil mi ? Sabah akşam o sevdiğin insanı düşünmek değil mi aşk ?

Ne diyebilirim.. Bu bir obsesyon.. Varsın öyle olsun. Aşkın tanımı buysa varsın olsun. Ben seni düşüneceksem düşüneyim. Daha güzel bir düşünce olabilir mi ki zaten. Sevdiğini düşünmek, sevdiğini hissetmek, sevdiğini özlemek, hepsi kalbimde inşa ettiğin kalenin taşları... Oradalar, kalacaklar.. Kaçışı yok. Kaçamayacaksam da böyle olsun..

Şimdi kalkıp hapların arkasına mı gizleneceğim. Seni unutmaya mı çalışacağım. Bu mu bu aşkın çözümü.. Mantıkla mı çözeceğiz Tanrı'nın gönderdiği lütfu.. Meleklerin emir buyurduğu aşkı bilimle mi yeneceğiz. Bilmiyorlar mı aşk her zaman var olacak. Biz unutsakta aşk yaşayacak. Zamanın ötesinde bir yerde aşk her zaman aşk..

Dün gece Paris geldi aklıma. Seninle o Eiffel kulesine bakan dairemiz. Terasındaki sabah kahvaltılarımız. Ne de güzeldi. Sen ne güzeldin. Bir yandan bana alışmaya çalışıyordun. Diğer yandan içindeki şeytanlarınla

boğuşuyordun. Kaprisliydin.
Anlıyorum. Onlara takılmadım zaten.
Sen sensin. O zaman öyleydin.

Sana sevgimi sunmak istedim. Seni
ilgimle yıkamak, aşkımla sarmalamak
istedim. Zırhın çeliktendi. Sevemedin.
Sevgimin sadece damlacıkları sızabildi
o çelik kaplı kalbine.. Belki bir an için
beni hissedebildin. Belki o atlı
karıncanın üstünde çocuk gibi mutlu
olduğun an, belki Sen nehrinin
kenarında, belki başka bir anımızda...
Ne fark eder ki.. Hissettiysende şimdi o
mazi de..

Bir yerlerde bana olan bağını
koparmaya çalışıyorsun.
Yaşadıklarımızı maziye gömeye
çalışıyorsun. Ne yapabilirim ki ? Sen
kalbini yine çelikle örmek istiyorsan
benliğini duyguların en yücesinden
saklamayı arzuluyorsan ben mi seni

çekip alacağım bu hayalinden. Ben o kadar güçlü değilim. Sen bile değilsin. Sen bile vazgeçemiyorsun saçma sapan hayallerinden..

Ne olacak benden kurtulursan daha mı mutlu olacaksın. Daha mı az acı çekeceksin. Bu mu senin derdin ? Ya sevmeyi neden denemiyorsun ? Sevmek bu kadar zor mu ? Bu kadar ulaşılamaz bir duygu mu ? Sen sevme özürlü bir kadınsın.... Ağlamak istiyorum. Ama göz yaşlarım yok..

Yoklar.. Gözyaşlarımı da alıp gittin. Her şeyi bembeyaz bir odaya kapattın. Renksiz bir dünyada şimdi duygusuz bir hayat arzun. Daha az mı hissetmek istiyorsun hayattı artık...

Ben senin için konuşamam. Sen kendin konuşacaksın. Sen kendin isteyeceksin beni.. İsteyeceksin. İstemeyi öğreneceksin. Öğrenemezsende varsın öyle olsun. Bu hayatta böyle ziyan olsun. Daha kaç kere gelip aynı ızdırapları yaşamak olur kısmetin..

Bugün Paris var yine.. Neden Paris ? Hiç görmediğin o Paris'e ilk benimle gitmen mi, aşkların şehrinde olmak mı benim ruhuma dokunan.. Paris'in sokakları, kaldırımları, cafeleri, Sen nehri, Notre Dame kilisesi, Sacre Couer tepesi, butikleri ve köprüleri.. Bunlar mı büyüleyici yapan benim için yoksa sen büyülenmedin mi ?

Tabii ki büyülenmedin. Aşık değildin bana. Kendi şeytanlarınla sevişiyordun beyninin içinde.. Kaybolmuştun gereksiz hesaplarında.. İstanbul'a indiğimizde kavga, sonra fırtına ayrılmak için sebep buldun hemen. Buydu senin Paris'e cevabın.

Bir hancer Paris'in kalbine. Derin, öldürücü bir katliam.

Ayrılma çaban nafile. Bırakamadım seni. Ayrılamadım. Seni çok seviyordum. Aslında işkenceydi aradığın, aşağılanma, terk edilme.. Veremedim sana. Yapamazdım ki.. Kalbimde en ufak bir kin besleyemezdim sana.. Affet beni..

Eninde sonunda başardın. Bütün savaşlardan sonra Brutus yine hancerini sapladı. Yine kalbim hedefindi. Bak neredeyiz bugün ? Biz yokuz artık. Bitmişiz. Tükenmişiz. Yok olmuş, aşkımızı aşklar mezarına gömüşüz.

Kızma bana. Söylemek zorundaydım. Zaten bitmiş bir aşkın muhasebesini yapmıyoruz. Bırakta konuşayım. Ne kaybedersin beni dinlemekten. Seni yine her zaman ki gibi haklı ol. Sen her

zaman haklısın zaten. Benim problem.
Ben her zaman kavgalarımızın günah
keçisi olacağım.

Gerçek şu ki, sen kırkına bir kala ne
değişebilirsin, nede yaptıklarının
idrakine varabilirsin. O yüzden, sana
söylediklerim bir paylaşım.
Geçmişimize bir yolculuk.. Bizim buna
ihtiyacımız var. Geriye dönüp
bakmaya, hatalarımız görmeye,
anlamaya, bir nebze bile olsa
değişmeye, daha iyi olmaya
çalışmalıyız.

O yüzden bugün bile bir arada olsak her
şeye yeninde başlasak biliyorum ki sen
sen olacaksın. Değişmeyeceksin. Bunu
kabullenmek zor geliyor. Ama gerçek
bir beton gibi vurup çarpıp uyanmamak
imkansız. Kabullenmemek imkansız.
Ben seni böyle kabulleniyorum. Sen
sensin. Sevdiğim, seveceğim kadınsın.

Sen bende kusurlar bulsanda, kavgalarının günah keçisi olsamda, bana biçtiğin rolümden kaçmıyorum. Kaçınılmazdan kaçınılmıyor. Kabullenmekle başlamak gerekiyor. Ben seni kabullendiğim gibi, yaptığın her şeyin sebeplerini anlayarak başladığım gibi.. Şimdi bir dur.. Bir dinle beni..

Günah keçin yapmadan, kusurlarımı sıralamadan önce kulaklarınla değil kalbinle dinle beni.

Başka bir yol deneyemez miyiz ? Aynı şeyleri tekrarlayıp değişik sonuçlar beklemek yerine değişik bir yerden yola çıksak. Mesela, sen yargılamak yerine anlamaya çalışsan, haklı olmak yerine hak aramamayı seçsen, savaşmak yerine paylaşsan, kavga etmek yerine sarılsan.. Yapabilir misin bunları ? Yoksa bizim sonumuz hep çıkmaz bir sokak mı olacak ?

Söylesene sevgilim. Beni sevmeyi
deneyebilir misin ? Hayatının
vazgeçilmezi olmama izin verir misin ?
Çok şey mi istedim. Aşk bazen bizden
çok şey istiyor. Sen aşkı tanımasanda
seni aşka davet ediyorum. Hadi gel sarıl
bana.. Yanyana yatalım saatlerce..
Kokunu özledim. Tenini özledim.
Sıcaklığını özledim..

Bu benim şimdi hayalim... Öpüyorum
seni..

O.

7. Mektup

Sevgilim,

Bu akşam garip bir duyguyla yazıyorum sana.. Sanki bir savaş kaybedilmiş, biz yenik düşmüşüz gibi, boynu bükük hayatta kaybetmiş çocuklar gibi.. Bu akşam öyle bir akşam ki, yarın sabah olduğunda ne yaşanmış ne hissedilmişse bu akşama özel burada bu satırlarda kalacaklar. Bu yüzden bu akşam özel bir akşam..

Bir zamanlar hayallerimiz vardı. Hani çocukluğumuzda ne olmak istiyorsun büyüdüğünde diye sorduklarında heyecanla verdiğimiz yanıt gibi içinde hayallerimizin olduğu zamanlardan bahsediyorum. Seninle tanıştığımda bu hayalleri içimde taşıyordum.

Aylarca dünyadan uzak, bambaşka diyarlarda dolaştım. Kendimi, hayallerimi arıyordum. Mutluluk diyordum, mutluluk bana gelecek. Bir aile hayal ediyordum. Her sırada aile gibi, karı koca birde çocuk.. Basit sıradan bir yaşam.. Benim ve sevdiğimin beraber yaşlandığı bir hayat.. Zamanın bizden aldığını bizim sevgimizle yerine koyduğumuz bir yaşamdı aradığım..

Gezdim, dolaştım, temizlendim, arındım.. Tanrı'ya binbir yıldız altında dua ettim. Meleklerin yardımını istedim.. Peri'nin bile bana yardım etmesi için ismini andım. Zaman işte akıp gidiyor.

Bir gece sen çıka geldin. Sanki gökten düştün. Sanki melekler getirdi seni bana.. Bir hayalle gerçek arasında bir geceydi işte. Parıldıyordun, güzeldin. Sonra.. İşte ne olduysa o zaman oldu... Dualarımın cevabını buldum sandım.

Ben hiç bir şeyi bulmamıştım. Ben seni bulduğumu düşünüyordum. Sense beni aramıyordun ki, sen başka zamanlarda başka hayallerle yaşıyordun belki.. Bense, sana tutulmuştum. Atladım.. Dualarımın cevabı sandım. Yanılmışım.

Cevap sen olamazsın. Kırk kalpler, bitmiş bir aşk hikayesi olamaz dualarımın cevabı. Bense temizlenmiş, arınmış, kalbimi sana açmışken gördüğüm bir kabus mu olacaktı. Öyle mi bu hayattaki adalet terazisi...

Tanrı böyle mi uygun gördü. Seni o yüzden mi benim karşıma çıkardı. Sen mi beni çağırdın yoksa ? Hani hayatta hiç bir şey tesadüf değildi. Her şey mükemmel bir ilahi plana göre düzenlenmişti. Şimdi bu çarpık tabloyumu hayatın çerçevesine oturtacağız. Bu mu dualarımın cevabı diyeceğim..

Öyle değil canım. Öylesini kabul etmiyorum. Tanrı böyle istemiş olabilir. Ben isyan edemiyorum. Tanrı böyle uygun görmüşse senin ve benim için benim isyanım mı seni bana geri getirecek... ?

Bıraktım zamana.. Seni de bıraktım zamana.. Özgür bir kuşsun artık. İstediğin yere gidersin, istediğin ruhla beraber yaşarsın, hangi bedende mutluluğu arayacaksan ararsın. Zaman bir tek tesellim. Seni teslim ettiğim gibi hayatta, zaman sadece cevaplayabilir her şeyi...

Biz biz olalım. Keşke sende benimle aynı frekansta olsan beraber beklesek zamanın yaralarımızı iyileştirmesini, sonrada bizlere doğru yolu göstermesini.. Hazır olduğunda bir tesadüfle belki bana geri gelsen.. Gözlerinde sevgiyi görsem, bana sarılma arzunu hissedebilsem... İşte o zaman melekler şarkılar söyleyecekler. O zaman Tanrı yukardan gülümseyecek..

"İki beraber olması gereken ruh yine bu hayatta birbirlerini buldular" diyecek.. Belki de bu sadece benim hayalim.. Bir rüya gerçek olacağı umduğum. Varsın o zaman böyle olsun. Ben zamanla mı yarışacağım, Tanrı'nın emrine mi karşı geleceğim, meleklere mi isyan edeceğim ?

Hayat bunu hazırlamış bana.. Ben acıda olsa içeceğim bu ilacı.. Sen canım.. Sen kabul edebilecek misin bu kaderi.. ? Sende teslim olabilecek misin hayatın planına ?

Bak bu akşam özel bir akşam.. Her şeyi söylüyorum yine sana.. Yine konuşuyorum seninle defalarca yapmak istediğim gibi... Ama bu sefer farklıyız. Ben sadece söylüyorum. Sense dinliyorsun beni. Sebepler, yargılar, suçlamalar olacak yine senin zihninde.. Olsun. Sen böylesin. O yüzden seninle tartışmayacağım. Öylesin çünkü seninle tartışarak hiç bir şey kazanamadık.

Şimdi başka bir şey deniyorum. Seninle bu mektuplarla konuşuyorum. Okursun belki bir gün. Belki bir gün "bir aşk vardı" dersin. "Beni çok seven bir adam.. Her şeyi bulabileceğim bir gelecek yaratmıştı benim için.. Sonra ne olduysa oldu" dersin. Ama daha erken bunlar için.. Zaman konuşacak benim için..

O benim avukatım, adaletim. O söyleyecek her şeyi sana.. Zaman belirleyecek bütün kuralları, yaptığımız hataların bedelini.. O zaman işte o zaman hesabını vereceğiz bütün bu aşkın bedelinin..

Sen canım.. Sen artık bir hayal oldun benim için.. İçimde, aklımda, kalbimde yaşayan bir mutluluksun geçmişten bana gelen.. Ama ben ne mazi de yaşayabilirim nede şu anda.. Ben susmalıyım ki zaman benim için konuşsun.

Bekliyorum zamanı şimdi.. Her şey benim tarafımda.. Sen olacaksın konuşan, hesabını veren olanların.. Ben çünkü bedelini çoktan ödedim yaptığım bütün günahlarımın, hatalarımın.. Aşkın ateşinde kavruldum. Piştim. Yaşamın yüceliği önünde eğildim.

Şimdi senin sıran.. Bil ki, seni seyrediyor olacağım uzaklardan.. Sesimi duymayacaksın. Ama yüreğim seninle, zihnim seninle, düşüncelerim seninle olacaklar her zaman..

Sarılmak istiyorum sana.. Şimdi bu düşünceyi yolluyorum meleklerler... Yakala..

O.

8. Mektup

Sevgilim,

Günaydın demek istiyorum sana.. Bu sabah güneş parıldıyor uzun bir zamandan sonra.. Ama biliyorum ki sen bunu sabah okumayacaksın. Sen uyanamazsın sabahları uyursun sonra kahvenin saati gelir, kalkar televizyonun önünde yerini alırsın. Hala öyle mi yapıyorsun ?

Araya zaman girdi. Belki şimdi oturup annenle sohbet ediyorsundur. Hani, içinde taşıdığın annenden kurtulmak istediğini söylerdin. Şimdi teslim oldun mu ? Aynı masa da oturup ortak olmayan bir lisanda konuşmaya çalışıyor musun ? Sevgi gösterilerine devam mı ?

Seviyorum seni bu sebepten.. Bana dediğin gibi bir erkekle çıksan hayatın en güzel gecesini geçirtiğini düşündürtebilirsin bir erkeğe aynı zamanda içinden bir daha görmeyeceğini bilirsin. Ne büyük bir beceri.. Ne güzel bir yetenek.. Nasıl geliştirdin ? Nasıl yaratın böyle bir sanatı ?

Bende sana sormayacağım hangi oyunları benimle oynadığını, nasıl bir şeylere kandığımı yada gerçekte söylediklerini aslında tam tersi olduğunu öğrenmeye çalışmayacağım. Bu saatten sonra ne fark eder ki zaten. Sen yürümüş gitmişsin. Bende yeni bir hayat için çabalıyorum. Ama daha değil.. Verilmemiş bir hesap olmalı ki, bu mektuplar yazılıyor. Bu sabah yine seni düşünülüyorsun.

Sorgulamamak gerek bazen hayatın akışını.. Hayat akıyor bizse çırpındıkca batıyoruz. Batmadan yüzmek gerek. Hayatla savaşmak yerine kabullenmek..

Sende bende savaşçılarız. Hayatımız savaşla geçti. Kurallara, empoze edilen yaşama karşı savaştık. Başardık mı sence ?

Biz birbirimizle de savaştık. Bunu biliyorsun. Belki de aynı safta olduğumuzu bile fark edemedik. Savaş işte birileri kaybediyor. Birileri yaralanıyor. Kayıplar var. Bizde ise özenle hazırladığın bombalar patlamış. Yok olmuş bir hayat var. Eser kalmamış beraberliğimizden... Ne yapalım savaş işte; ben dikenli bedenine sarılmaya çalışırken sen keskin dilinle kelle uçuruyordun. Bazen en sevdiğini korumak isterken onuda yok ediyorsun.

Ben bizim için savaştım. Sense, hayatla, içindeki şeytanlarla savaşıyordun. Kayıplar oldu.. Belki bir kaç şeytanı devirdin. Bir kaç tanesi kaçtı. Ama bitmiyor ki güzel aşkım. Bitiremedin ki sen savaşı. Beni de kurban ettin kazanma uğruna. Anlıyorum bu sensin. Hiç bir şey görmüyor gözün hiddetlenince..

Olacağı varmış.. Ne yapalım. Şimdi geçmişi mi konuşacağız. Aslında konuşabiliriz. Ama gereksiz.. Biz en iyisi bu güzel günün anısına Bodrum'u hatırlayalım. O bembeyaz kumu, güneşi, denizin o serinliğini, rüzgarın tenimizi okşayışını gözümüzün önüne getirelim.. Ne güzel bir tatildi.. Sen ve ben, rahat, sakin mutlu... Gün boyunca beraber. Daha ne isteyebilir ki benim gibi bir erkek.. Sevdiği kadınla birlikte olmaktan daha güzel bir duyguyu yaşayabilir mi...

Seni bilmiyorum. Belki sen içinde yine binbir kasırgaların planlarını yapıyordun. Belki cadı kazanında yeni duygusal vahşet hazırlıyordun. Ne fark eder, bir anını bile değiştiremeyiz. Sen öyleydin. Ben aşk sersemi.. İki ruh bir mekan, bir zamanda buluşmuşuz işte.

Tanrı'ya şükretmek gerek.. Bunu da yaşamış olmak güzel. Belki sen daha fazlasını bekliyordun. Ama bunun içinde şükret canım. Biliyorum, bana söylerdin. Beni seven erkek çok diye.. Evet doğru. Benim seni sevmemin pek anlamı yoktu belki senin için.. Ama seni mutlu edebildim mi o Bodrum'da.. Ağzında güzel bir tat kaldı mı yaşadıklarımızdan sonra.. Günün sonunda asıl önemli olan bu.. Geriye dönüp baktığında güzel hatıralar yaşıyorsa aklında, duygular kuvvetliyse o zaman bir şey başarmışız demektir. Yoksa bütün yaşananlar bir kayıp..

Bir soru takıldı aklıma.. Sorayım hazır sırası gelmişken sana.. Sence bizim doğru yaptığımız bir şey var mıydı ilişkimizde ? Gerçekten soruyorum. Hayatın akışına mı bırakmıştın her şeyi. O günkü ruh haline göremi şekilleniyordu tavrın, yapacakların. Bir gün mutlu, iyi huylu, diğer bir zaman bir cadı, korku salan Medusa... Böyle miydi senin için ?

Biliyorum cevabını veremezsin buradan. Ama düşün biraz.. Belki içinde bunun muhasebesini de yaparsın. Her zaman ki gibi haklı çıkarırsın kendini, o bir gerçek.. Bir an olsun belki içindeki dengesizliği görebilirsin. Nasıl fırtına, nasıl süt liman arasında yaşadığımızı idrak edebilirsin..

Şimdi bunları konuşmak gereksizmiş gibi geliyor olabilir. Nede olsa her şey bitti. İlişkiyi sen istemiyorsundur artık, bense aynı kısır döngüye dönemem. Ne sen değişmeyi kabullenirsin yada istersin nede ben senin öfkenin kurbanı olmayı seçerim. Bu yüzden sana yazdıklarım bir monolog. Cevabı olmayan sorularla dolu bir mektup.

Belki bir kahve almışsındır eline. Bunları okuyorsundur sana gönderilmiş bir mektup, gelen bir not işte.. İlginç gelebilir. Sonra biliyorum ki, fazla sorular olduğunda sıkılırsın, sendeki dikkat eksikliği başını gösterir..

Gurur duyduğun dikkat eksikliği, çabuk sıkılmak sanki marifet... Nede mutlu olmuştun hatırlıyor musun eskilerinde aynı rahatsızlığın olduğunu bilince.. Olsun.. Eskilerden hiç konuşmayacağım şimdi. Gerek yok. Sadece bir söz, bir düşünce başka bir düşünceyi açıyor. Sanki Pandora'nın kutusu.. İçinden bir sen, bir kabus, bir de güzel bir an çıkıyor.

Ne yapalım.. Ben böyle görüyorum.
Jacob'un merdivenini tırmanıyorum..
Senin hayaletin var sonunda,
düşüyorum, "bu bir kabus olmalı"
diyorum ama bu bir gerçek.. Dışardaki
güneş kadar gerçek.. Yine de yine de
seni seviyorum.. Bu bir saplantı..

O.

.

9. Mektup

Sevgilim,

Aklımda sorular var bugün. Bu gece benimle yatacaklar, sabah yine benimle kalkacaklar. Sorular işte, çoğu gereksiz, cevabı olsa da bir şeyi değiştirmeyecek sorular.. Ben alışığım sorulara.. Her şey bir soru zaten.

Ben seninle neden beraber oldum.. Neden sana aşık oldum. Neden bu aşk böyle oldu.. diye başlıyor listem.. Sonra Torah gibi uzuyor.. Bir soru başka bir soruyu doğruyor. Sonra bir başkasını.. Sanki yıldızlar doğruyor gökyüzünde sonra da alay eder gibi gülümsüyorlar benim ufacık önemsizliğime... Sorularım var yine..

Biz seninle konuşabilecek miyiz ? İki medeni insan gibi arkadaş olacak mıyız ? Yanımızda bir başkasına tahammül edebilecek mi kalplerimiz ? Yabancı kollarda olmamız gayet normal bir duygu mu olacak bizim için... ?

Soramaz mıyım ? Soruyorum işte.. Boş boş duvarları, tavanları seyrederken bu sorular geliyor aklıma. Zamanı geldiğinde cevabını bulacak veya zamanın hiç cevaplamayacağı sorular bunlar. Bırakta var olsunlar. Benimleler bu gece.. Gönderemiyorum bir yere.. Aç sokak kedisi gibi kapımda miyavlayacaklar bütün gece.. İçeri aldım onları misafirimler bu gece..

Sorular olmadan olmuyor. Bir yenilgi duygusu belki, belki de hiç sevilmemiş olmanın verdiği kurşun gibi ağırlık... dibe çöküyor bütün umutlarım, beklentilerim, düşüncelerim, ağırlaşıyorlar.. Her düşünce bir soruya dönüştüğünde dibe doğru hızlanıyor yolculuğum...

Dibin dibi de var mı ? Var.. Var.. Ben gördüm hala iniyorum derinlere.. Hesabı olmayan.. Kaç fersah derinde olduğumun hesabını kimse yapamaz.. Bu derin bir duygu boşluğu bence.. Derin bir duygu boşluğu.. Ne güzel bir söz.. Her şey var içinde.. Derin.. Duygu.. ve boşluk.. Her şey birbirine bağlanmış sanki, sahildeki sandalların dubalara bağlanması gibi.. Sallanıyorlar ama özgür değiller.. Hiç bir zaman özgür olamayacaklar. Onlar benim duygularımdı, çöktüler.. Derinlere doğru indiler.. Ve kayboldular karanlıkta.. Duygusal bir boşlukta..

İşte böyle bir anda yazıyorum sana bu mektubu.. Boşluğumu affet lütfen.. Sana başka dolu düşünceler, duygular sunmak isterdim.. Ama sen zaten çiçeklerim gibi onları da önemsemezdin. Solarlardı kapında veya büfenin üzerinde bir yerde... Temizlikçi

kadın ertesi sabah atardı.. Sana da
kahveni yapardı. Esamesi bile
okunmazdı bütün bu söylediklerimin,
düşüncelerimi yada duygularımın..

Sen başka bir diyarlardasın. Mantığınla
belki de sen bütün bu duygusal
hesaplaşmaları çoooktaaannn yaptın..
Evet.. Bunu böyle bilerek yazıyım da
sonra kendimi kendi hayal dünyamda
uçuruma doğru sürüklemeyim..

Uçurum derken aklıma geldi.. Boşlukta
bir uçurum.. Hiç düşündün mü ? Hani
bizi defalarca götürdüğün sonra da son
anda yok olmaktan döndüğümüz o
uçurumları hatırlıyor musun ? İttin,
ittin.. Ne büyük bir heyecan.. Ne büyük
bir haz.. Korku tünelinde.. Uçurum
kenarında ilişkimizin bir pamuk
ipliğine bağlı asılı kalması.. Ölecek mi
kurtulacak mı muhasebesi. Sende
bıraksam mı ipi, düşsün mü, ne büyük

bir haz olur kaybetmek yeniden..
Anlıyorum seni.. Sen bundan zevk
alıyorsun.. Sado-mazo tarafın..

Biliyorum ben her zaman senin
kurbanını oynadım. Sende arada
ezilmek isteyen taraftın.. Yapamadım.
Acemiydim. Başkaları bunu yıllarca
pratiğini yapmış, ustalaşmış, sen onlara
aşıktın. Sana işkencenin dibini
gösterebilen, sense umursamıyorum
diye kendini avuttuğun o gerçek sado-
mazo ilişkilerin.. Aşağılanmak.. Evet..
Seksten, orgazmdan da daha baş
döndürücü bir duygu. Beynine fışkıran
kan.. İçinde yanan ateş. Bir yanardağ
gibi birikmiş ama patlayamayan bir
kadın... İşte sen..

Bunları yazmamalıyım biliyorum.
Sonra birileri okur.. Senin nasıl biri
olduğunu anlar.. Sonra da sen
yalanlarsın.. Ama gerçekler bir şüphe

yaratır o yüzden. Susuyorum..
Bahsetmeyeceğim artık senin bu eski
sado-mazo ilişkilerinden.. Onlar zaten
maziye gömülmediler mi ?

Kimse sana soramaz.. Kimse seninle o
karanlık cehennemindeki iblisleri
ziyaret edemez. Ancak sen boşluklarını
doldurmak için onları çağırırsın..
Onlarda zebani gibi gelirler yada sen
onlara gidersin. Bir yerde, bir otel
odasında belki zevk ve şevk arasında
özlemlerinizi giderirsiniz. Sen böyle
seviyorsun.. Keşke bu kadar ortaçağdan
kalma işkence aletlerinle yarışmasalar..
Bu duygusal işkence.. Bu duygusal
ızdırap. Bendeki ise derin duygusal
boşluk...

Birbirimizi mi tamamlıyoruz yine..

Merak ediyorum. Sana duygusal
işkence çektirebilsem beni geri ister

misin ? O sapık iblislerinin yerine benimle sevişir misin ?

Yoksa gene arkamda boş adamlarla fantezi ilişkiler peşinde mi koşarsın.. ? Yaparsın yaparsın.. Sen busun.. Kaçamazsın.. Bense bunu kabul eder miyim.. Eee.. Tabii ki ederim.. Sado-mazo ilişki değil mi ?

Sen bana işkence, ben sana işkence.. Biraz arada fiziksel şiddet.. Bol duygusal vahşet. Seks hayatımız mükemmel olur bence.. Ne dersin ?

Sen en çok beynine kan gidince haz alıyorsun. Boğulmayı, nefessiz kalmayı seviyorsun.. İşte mükemmel bir seks için her şeyimiz var.. Denemek ister misin yine ? Beraber başlayalım mı tekrar ?

Delirdik mi.. ? Yoo.. Sadece hayal işte..

Yazıyorum. Sende okuyorsun. Bir hayal ürünü. İçinde seks, sado-mazo ilişki olan, iblisler ve cehennem birde şiddet.. Tam bir film.. Bir korku romanı.. Ama ne güzel okunur.. Hiç kimse sıkılmaz.. Sen bile sıkılmazsın.. O dikkat eksikliğine çözüm...

Şimdi bunları düşün sevgilim. Belki bu akşam beni düşünür, sevişmelerimizi hayal edersin.. Sonra.. Sonrasını sen biliyorsun..

Sevgilerimi de yolluyorum sana bu gece.

O.

10. Mektup

Sevgilim,

Karım, eşim, aşkım, mutluluğum hepsini ol istedim. Şimdi hiç bir değilsin artık.. Kendimi avutuyorum sevgilim diye. Sen sevgilim bile değilsin artık.. Sadece içimde yaşayan hayaletine sesleniyorum. O hala benim için sevgilim.

Sen ki, bu aşkın sonsuzluğuna inanan sen bile yürüyüp gidebildiysen bunca yaşanandan sonra sahnede bir tek ben mi kalacağım... Tek kişilik bir oyun.. Bu mu şimdi bana biçilen rol. Herkes değilim.. Bitti, şimdi sıradaki diyemiyorum. Bu ilişki o kadar basit değil. Bitti, evet, bitti. Bunu konuşmak neyin çözümü ki zaten...

Sadece basit değil diyorum. O kadar basit değil. Her şeyden sıyrılmak kolay değil; bu yağ ve su gibi birbirine

sızamayan iki insanın hikayesi değil..
Belki ben çok derinde bir şeyler ektim.
Filizlendiler.. Kökleri çok derinde
söküp atamıyorum. Tutunmuşlar
benliğime.. Çektikce sallanıyorum..
Sallanıyorum. Kopamadım.. Koparsam
hayattan kopacağım.. Biliyorum..
Kaçınılmazın kaçınılmazını yaşıyorum.

Sadece bunlar geriye kalır. Bir kaç
satır. Bir kaç mektup.. Bir ara okursun
sonra unutursun. Dersin ki, bir
zamanlar adamın biri beni çok sevmişti.
Harcadım.. İlişkimizi harcadım..
Cebimdeki bozuk paralar gibi öylesine
bir dilenciye verdim gitti, unuttum,
neden verdiğimi, neden vazgeçtiğimi..
Neden ilişkimi terk ettiğimi..

Şimdi sana hesap soracak değilim. Bu
mektubun amacı o değil. Zaten kimse
kimseden hesap soramaz.. Bizleriz
kendi yargıcımızız, kendi hakimimiziz,

kendi savcımızız. Kendi kendimize muhasebemizi yapıyoruz vicdanımızla.. Sen yapmışsın besbelli. Benim hesabım yok. Neden mi geriye hiç bir şey kalmamış ondan ? Neyin hesabını ödeyeyim bu saatten sonra ?

Yemek yenmiş, ziyafet bitmiş, masa boş. Bir tek ben kalmışım. Ne yapacağımı düşünüyorum kalan artıklarla.. Çöp hepsi.. Hepsi çöp.. Ne yapılır ki kırık bir kalple, bir kaç unutulmaya yüz tutmuş hatırayla.. ?

Şimdi bunları tutuyorum elimde... İskambil destesi gibi, kalp var elimde, kızı kaybetmişim.. Papaz olmuşum hayatla.. Elimdeki kartlarla mı kazanacağım oyunu.. Gülerim.. Kim kazanmış hayata karşı oyunda. Benim gibi sersem aşıklar olsa olsa şair olurlar. Yıllar geçer kitapları toz tutmaya yüz tutar.

Bir gün annesi toplar sahaflara götürür satılsın diye.. Babandan kalan kitaplar evde toz tutular der evdekilere.. Sonra bekler raflarda özlemle geri dönmesini beklenen sevgililer gibi okunmayı beklerler. Okunurlar bir gün elbet.. Okunurlar ama ne yazarı vardır ortada ne de aşktan bir eser.. Çünkü aşk artık eser olmuştur.. Zaman içinde cümlelere dökülmüş, bir matbaa da hayat bulmuştur.

Bir genç belki bir aşık almış okumuştur sözlerimizi.. Sonra sonra da raflara kalkar kitaplar.. Toz tutarlar.. Okunurlar arada.. Ama zamana yenik düşerler.. Çoktan yeni bir aşk bulur okuyucu. Daha yeni serüvenlere adaydır..

Biz ise mısralarda yaşarız seninle.. Kaybolmuş bir aşkın hikayesi oluruz. Daha niceleri gibi bizlerde insanlığın yüz karası sayılırız. Sevipte sevmeyi becerememiş ruhlarız biz.. Biz aşkın huzurunda cinayet işlemiş suçlularız..

Seni suçlamıyorum. İkimiz adına konuşuyorum. Sen ne kadar suçluysan bende o kadar suçluyum. Faili meçhul bir cinayet değil bu, aşkın katili ikimiziz. Hesap, bedel, kefalet.. Hepsi burada.. Hapis bizim yalnızlığımıza terk edilişimiz, cezamız birbirimizi kaybedişimiz.. Bedel ağır ey sevgili.. Bedel çok ağır.. Bilmiyorum umurunda mı...

Ne fark eder umursamak şimdi. Kime dert yanacağız. Sen bana bile anlatamazsın içinde yaşadıklarını; ben mi kapına dikileceğim gecenin bir yarısı beni geri al diye. Kayıp var.. Ceset var ortada.. Kimin suçu bu ?

Diriltmeye mi çalışacağız hancer

yaralarıyla öldürdüğümüz aşkımızı. Ey sevgili söyle bana.. Beraber yapmadık mı biz bunu.. Cenazesini bile kaldırmadık. Öyle bıraktık ortada.. Sen belki ben parmağımızı uzatıp sen suçlusun dedik birbirimize. Ne fark eder ki aşk öldükten sonra..

O bizim değil miydi.. Bizim sevgimiz değil miydi yitirdiğimiz. Bir ağıt bile söylemedin. Ben söylüyorum ikimiz adına. Bak sana bir mektup daha yazıyorum. Sözler dökülüyor. Kelimeler uzuyor. Sana yazıyorum ey sevgili..

Bilmiyorum daha kaç mektup yazacağım. Belki bu son.. Ne önemi var kaç tane daha yazılacağının senin okuyacağın bile meçhul. O yüzden meleklere, aşıklara, sevenlere de yazıyorum bu mısraları... Oku, oku ey sevgili.. Biliyorum bu son hatıramız..

Benden sana yollanmış son mektuplar..
Geriye bu kaldı. Bu imzam..

O.

11. Mektup

Sevgilim,

Bir haftasonu daha geldi. Dışarısı yağmurlu, evdeyim her zaman olduğu gibi, bekliyorum, neyi bilmiyorum. Öyle bir bekleyiş işte, belki bir şey olur, belki bir haber alırım. Kulağım kapıda, telefonda.. ama boş bekleyişler bunlar. Gereksiz umutlar.. Gereksiz bir çok şey gibi bu da gereksiz işte.

Sana şikayetlerimi yazmayacağım. Şükürlerimi sunmak aslında bu mektubun amacı.. Biliyorsun seninle paylaştım aşkımı, sevgimi, umutlarımı.. Derinden açtı ben de aşk yarasını, şükretmek gerek.

Sen olmasaydın ben kimi sevecektim böyle, kiminle yaşayacaktım böyle korku trenini, bir inişle başlayıp öforik bir yükselişi kim sunacaktı bana.. Şükretmek gerek..

Geçmişimiz kısa, bir buçuk yıl topu topu. Ama içinde derin anlar var, mutluluk ve bol hüzün dolu dakikalar, kızgınlık, öfke, fırtınalı deli kavgalar, ayrılma çabaları, özlem birazda tutku var. Tutku bana ait ama seninle paylaştım. Şükretmek gerek..

Roma'mız, Paris'imiz, Yunanistan'ımız, Bodrum'umuz, Göçek'imiz, evimiz var. Daha neler neler varda boş bunlar şimdi. Sıralamak marifet değil. Hepsinde biraz mutluluk var. Biraz umut, biraz hayal, biraz tutku.. Tutku bana ait ama seninle paylaştım. Şükretmek gerek..

Evimizin duvarları var. Senin gravürlerini astığın, oradan buradan topladığın bir kaç resim, önemliydiler senin için. Sonra kitaplar, evet kitaplar, okumadığın ama kütüphanemizde olmasını istediğin kitaplar. Sıra sıra okunmamış Nietszche'ler.. Bir erkeğe olan merakla, hayranlıkla biriktirmişsin işte. İçinde sana yazılmış notlar. Sana özel.. Yanında taşımışsın işte benimle yaşamaya geldiğinde...

Sonra ufak odamız var.. Dolaplar, televizyon, bir de uzun bir çalışma masası.. Üzerinde senin boncuk dizdiğin, kendine iş edindiğin, benimse yalnızlığına ortak olduğum çalışma masan. Nelere tanık o odamız. Seninle uzun sohbetlerimize, senin sinir krizlerine, hatta arada sevişmelerimize... Hepsi yaşıyorlar zamanın bir köşesinde.. Hatıralarımızdalar şimdi.. Körelen, yitirilen anılar. Ama şükretmek gerek..

Zaman ne de çabuk akıp gitti. Tekrarı olmayan bir serüvendi bizim ki... Yaşanmış, yaşanılmış, hiç bir zaman sıradan sayılmayacak bir beraberlik..

Belki de aşkımız tek taraflıydı. Ama her şeyi mükemmel olmuyor ilişkilerde.. Şükretmek gerek..

Hem sen bana bedenini istediğin zaman sundun. Bense senin tenine tapan adam, doyamadım hiç bir zaman kokuna.. Uçurumdan atlarcasına zevk ve şevk dolu ilk zamanlarımız.. Nasılda kendini benim üzerimde tatmin ederdin. Ne büyük haz, seni hazın doruğunda seyredebilmek.. Hepsi muhteşemdi. Hepsi mazi de şimdi. Şükretmek gerek..

Bitmek tükenmek bitmeyen isteklerin, doyumsuz beklentilerin, devamlı bir geçmişle karşılaştırmaların.. Bunların hepsi vardı. Bense, kahramanlığa soyunan şövalye.. Nasılda hazırdı bana hendekler, kazıklar, ejderhalar.. Hepsiyle amansız bir savaş... Kadınımı kazanacaktım. Buydu amaç. Ne saçmalamışım. Ne büyük bir hayal. Sen

hiç bir zaman benim değildin.
Olamazdın zaten. Sadece o an
beraberdik. Bununla yetinmekti olması
gereken.. Şükretmek gerek..

Ne umutlar, ne hayaller, ne arzular
yükledim ben bu ilişkiye.. Sen olmasan
kimseye bu kadar önemli bir görev
biçemezdim. Kendi köşemde kendimi
sıradan bir yaşamın içinde izlerdim.
Ama öyle olmadı. Bütün hayallerimdin.
Arzularım. Umutlarım.. Mutluluk
özlemim. Hepsi oldun, hiç biri
olamayacakken.. Şükretmek gerek..

Seni seviyorum ya hala.. Şükretmek
gerek...

O.

12. Mektup

Sevgilim,

Bugün günlerden pazar.. Beraber geçirdiğimiz pazarları hatırlıyorum şimdi. Yaz tatillerinde bavullara konan son bir kaç şeyin birden akla gelişi gibi geçmişimize bir yolculuğun başında durmuş
pazarlarımıza bakıyorum.

Bir zamanlar bunu yapmıştık, sen bunu demiştin, bunu paylaşmıştık diye film kareleri geçiyor zihnimden, içinde biz varız, eski, tanıdık bir filmi yeniden seyrediyorum. Heyecan var içimde yine o ilk günkü heyecanı tekrardan yaşıyorum ama bu sefer sessizce, hatıralarımla, özlemle, beklentilerin kuş olup uçtuğu bir dönemde geriye bakıp gülümsüyorum pazarlarımıza.

Aklıma bir soru geliyor birden, 'insan hatırlarına bu kadar bağlanır mı ?' diye.

Ben bağlanmışım işte. Hayat kordunu bir bebeğin, bir çocuğun annesinin eli, babasının kucağındaki huzur olmuş hatıralarım, belki bu yüzden bu kadar maziye dönüp bakıyorum. Belki de bizim beraberliğimizden geri kalan tek şey olduğu için anılarda yaşamayı, onları tekrar tekrar hatırlamayı seçmişim.

Böylese böyle diye avutuyorum kendimi. Belki sağlıklı değil bütün bu düşünceler, belki de doktorum 'unut onu artık başka şeyler düşün' diyecektir eminim. O da haklı aslında bir insan geçmişini yad ederek yaşamamalı belki de.

Ben seninle hep geleceği yaşamak umuduyla yola çıkmıştım. Yollar karıştı her halde, bir yerde yanlış bir sapaktan sapıp çıkışı olmayan sokaklara girmişiz, sonra da kaybolmuşuz şuursuz tavırlarımızın içinde, yetmezmiş gibi kavgalar, intikam ve kıskançlıklar doğmuş, sonra da başa çıkamamışız ilişkimizin bize getirdikleriyle. Kısacası, kendi kendimize kaybolmuşuz, sonra da birbirimize tutunmak yerine elimizi bırakmışız.

Gerçek şu ki, seninleyken yaşamıyordum o zamanlar, yaşadığımız ana sadece tanıklık ediyordum. Bizler sahnedeki oyunculardık, hayatı oynuyorduk karşılıklı, senin repliğin benim tavrım, senin sıran benim sıram diye oyun oyunuyormuşuz bilmeden.

Sonunda bir sahne varmış onu da oynadık beraber, oyunun kahramanlarından biri mi ölmesi gerekiyormuş, tıp kı Romeo ile Juliet'in hikayesinde olduğu gibi, belki de biz yazarken bütün bunları hayatımızın oyununu oynadığımızı fark etmemişiz.

Belki de oyuncuların ayrılık sahnesini oynaması gerektiği için oyunda bu gerekiyormuş. İşte biz bu sahneyi oynadık. Biz oyunun kahramanları olmayı bırakıp kurbanları olduk.

Ne ilginç değil mi ?

Birden hayatımız rolünü oynadığımız düşünürken rolümüzün artık ekstralara indirgendiğini görmek ne acı değil mi ?

Belki de bu rolün seni daha önemli bir role hazırladığını düşünüyorsundur.

Öyle değil canım. Öyle değil hayat..

Hayat kaç kere bize aşık olma fırsatını vereceğini düşünüyorsun ?

Kaç kere bizlerin başrole terfi edeceğimize inanıyorsun ?

Bizler artık başka insanların hayatlarında ekstralar olacağız. Belki bir illuzyonla kendimizi insanların hayatlarında başrol oynadığımızı, oskar kazanacağımızı düşüneceğiz. Aman bu yanılgıya düşme.. Kimse bizim kadar derin yaşayamaz bunu..

İnsanlar sana biçtikleri rolü verecekler oynaman için. Seni hayatlarında istedikleri rolü oynamanı isteyecekler.. Bu böyle. Belki de seni bu rahatsız etmiyor. Eskiden sende insanlara belli roller biçiyordun insanlarla ilişkilerinde. Sende onları maymuna çeviriyordun. Bazende onların seni maymuna çevirmelerine izin veriyordun.

Kuklaydın duygusal zaaflarınla.. Çağrıldığına yanlarına giden, fantezilerindeki oyunları sana oynatan başrol oyuncularıydı bunlar, ama üçüncü sınıf hayatlarda.. Sen o sefil hayatlarda rol aldın. Belki pişmanlığın yok. Sen zaten pişman olmazsın.

Dedim ya, sende maymunları oynattın kendi yazdığın tiyatrolarda. Sana aşık olan sersemlere roller biçtin. Tamam. Zararı yok. Seni yargılamıyorum geçmişteki rollerden. Zaten ne kazanılır ki geçmişin hesabını sormaktan şimdi. O yüzden bırakalım geçmişte kalsınlar. Bugün konuşuldular. Evet. Ama sadece öylesine sözlerim nehrin denize yol bulması esnasında kendi mecrasında akması gibi işte..

Pazarlardan bahsediyordum. Pazarlar.. Ahh Pazarlar.. Seninle paylaştığımız o tembel pazarlar, brunchlar, kahvaltılar, pancakeler, krepler, kahveler... Saatler süren sohbetler... Felsefe, ilişki, derin mevzular... Kişisel anılarımız, gözlemlerimiz, hayatla ilgili bilgilerimiz, hepsi vardı sohbetlerimizin bir yerinde...

Bazense sevişirdik öylesine.. Oda güzeldi. Sen istedikten sonra her şey güzel olabilirdi. Bizim öyle bir ilişkimiz vardı. Senin etrafında dönen bir gezegendim ben... Biliyorum bu senin suçun değil. Belki de diyeceksin bu doğru da değil. Belki de haklısın. Bunu tartışmayacağım seninle.

Ben sadece o zamanda bir rolüm vardı hayatında, bana uygun gördüğün bir rolü oynamam gerekiyordu. Seninle bir hayatı, bir evi paylaşma gayretim vardı. İşte bunun için bütün bu çaba şimdi, buradaki satırlar geçmişimiz için yazıldılar. Unutulup gittiğinde yaşananlar geri dönüp bakılması, yad edilmesi gerektiği için yazılıyorlar. Bırakta yazayım. Umarım sıkılmadın. Sıkılmanı istemem, ki sen çok çabuk sıkılan birisin. Neydi ADD miydi ?

İşte o yüzden mektuplarım çok uzun
değiller.. Başlıyorum sonra 'dur bu
kadar yeter' diyorum. Yoksa sayfalar
uzarda uzar.. Şimdi uzatmaya gerek
yok. Belki bu pazar, belki bir sonra ki
pazar, bizim pazarları hatırlarsın. Onun
için bu mektup.. Seni öpüyorum yine
sevgiyle..

O.

13. Mektup

Sevgilim,

Bugün bahar vardı havada.. Güneşli,
güzel bir gün.. Günlerden pazartesi.
Yokluğun ağır geldi. Özlemin kalbime
bağlanmış kurşunlar. Çöktüm dibe
doğru.. Sonra ilaç.. İlaç işte.. Deva
değil ama acıma pansuman.

Ne yapayım özlüyorum işte. Bunun
tedavisi zaman ve başka bedenlerde
arayışsa bu çare değil bana.
İstemiyorum kimseyi. Ne koynuma biri
girsin, ne yabancı bir el bana dokunsun.
Bu beden seninle kutsandı.

Şimdi kirletilsin mi ?

Dayanamaz kalbim böyle ihanete.

Diyecekler öğrenemedin mi...
Öğrenemedim.

Bir başkasını sevmeyi mi öğreneceğim şimdi ?

Sanki elden ele dolaşan meyve tabağı sevgi, herkes bir çatal alsın hayatın tadını çıkarsın misali..

Bu kadar ucuz olur mu aşk, sevgilim.

Biliyorum benim değilsin artık. Farklı bir yerlerde bir başkası elini tutuyor belki. Kimbilir çoktan başka bedenlerde arayışlarına başlamışsındır.

Nereden bileyim ?

Sorarmam ki, senden hesap bu saatten sonra. Sorsam ne yazar sen seçimini yapmışsan. Ne önemi var seni seviyor oluşumun sen gerine bakmadan yürüyüp gitmişsen hayatımdan.

Nasıl şikayet edebilirim bedenini bir

yabancıya teslim etmeyi seçmişsen ?

Sormuyorum. Soramam. Nina Simone gibi 'anlatma' diyeceğim. Kazanılacak hiç bir şey yok bu saatten sonra. Ne affedilecek yalanlar ne de geçmişin muhasabesi yapılabilir aşk çoktan ölmüşse içinde.

Hayallerle yaşayacak olan benim. Bir rüya, bir umutla avunmayı tercih eden acınacak ruh benim.

Ne diyebilirim ?

Bugün şamanımıza seni hamile gördüğümü söyledim. İşte bir rüya, işte bir hayal.

Ne diyebilir ki bana ? Acıyan gözlerle baktı bana.

Yalan söyleyemezdi. Ben de gerçekleri

kabul edemezdim. Sıradan cümlelerle geçiştirdi bu rüyayı. Güzel bir rüya.

Ne saçma değil mi ? Bir adamın bu kadar aşk acısı içinde olup gerçeklerle yüzleşememesi. Güneşin batmayacağını, sabah doğmayacağını umuduyla yaşamak gibi gerçeklerle yüzleşmemek. Peşinden sürüklediği hayal kırıklıkları, boş düşünceler, gecenin bitmeyen saatlerinde kabu dolu rüyalar, dualar.

Dualar. Melekler bile acıyordur halime.

Kaç mum daha yakayım kilise de ?

Kaç dua daha okuyayım dizlerimin üzerinde ?

Kaderin tek yön istikametini mi değiştireceğim ?

Giden gitmiş, rüya bitmiş.
Çocukluğumuzun yaz aşkları gibi yarı
da bile belki kalmamış. Tuz buz olup
paramparça uçurumdan yuvarlanmış.
Şimdi kırılanları bir araya koyamam.
Parçalan umut zerreciklerine yeniden
ışık vermek gibi bir boş gaye içinde
yaşayamam.

Kabullenmek.. Her şeyi kabullenmem
gerek. Annemin ölümünü, babamın
vefatini kabullendiğim gibi bu aşkında
son günleri yaşayıp evimizin ölüm
döşeğinde mutfağımızın tezgahında
öldüğünü inanmam gerek.

Teselli değil aradığım, dağ gibi
gerçekler varken teselli bir fare sadece.
Yüzleşmem gerek hayatla.. İşte o
yüzden söyleyemiyorum bana geri
döneceğini.. Keşke söyleyebilsem..

Zaman keşke nehrin denize aktığı gibi

seni bana akıtsa.. Birleşsek, bütünleşsek, bir olsak.. Aşk işte. İnsanı böyle yapıyor. Aklı beş karış havada diyorlar. Haklılar.. Başka ne düşünebilirim ki, aklım sendeyken ruhum hayaletinin peşinde, geceleri uykusuzluktan bedenim perişan, kalbimde yine sen varsın.

Ne yapabilirim ki ? Nereye kaçayım ? Yok ki aşka ilaç, bir deva..

Van Gogh geliyor aklıma. Kulağını nasıl da göndermişti. Nasıl tenin acısı hiç bir şey aşkın sancısı yanında. Bir bıçak derinde kalbin sızısı, bitmeyen bir acı sanki bedensel şiddet çözecekmiş gibi kamçıla, kes, doğra, parçala. Dindirmiyor hiç bir vahşet aşkın acısını.

Savaşlar başlamadı mı aşk yüzünden, Truva'ya dayanmadı mı bütün Yunan

orduları, ver o kadını bize diye.
Alabildiler mi ? Kurtarabildiler mi
katliamdan o koca şehri.. Hepsi ne
içindi ? Bir kadın..

Sevilen, arzulanan bir kadın, bir aşk
için değil miydi bütün hepsi ?

Aşkın üstünlüğünü ispatlamak diye bir
gaye yok içimde. Aşk zaten aşk. Sen
olsan da olmasan da aşk yaşıyor
benliğimde. Sadece bir de özlemin
eklendi bütün her şeye.

Geceleri uykularımı kaçıran, şiirler
yazdıran, bu mektuplara sebep olan
özlemin. Dinmesini umuyorum.

Yıllar sonra sana özlemle bakacak
mıyım acaba ?

Diyebilecek miyim benim hayatımın
aşkıydı ama kayıp, gitti ?

Yıldızlarla şimdi. Yukarda bir yıldız
parıldıyor. Aşkımızın ispatı. Kaybolan
bütün güzelliklerin imzasını taşıyor.
Hatıralarla zihnimin bir köşesinde
benimle yaşayacaklar. Geceleri

Orion un hikayesi. Ben Orion değil
miydim sen aşık olduğum kadın
Merope, senin için kör olmadım mı ?
Senin yüzünden ölmedim mi ?

Bedenim Zeus tarafından gökyüzünde
yıldızlarla işaretlenmedi mi ?

O.

14. Mektup

Sevgilim,

Bıraktım hayaletlerini kovalamayı,
benimleler her gün artık.. Bırakmıyorlar
beni, günün her saati bir yerden çıkıp
atlıyorlar önüme. Parkta yürürken,
meyva alırken, yatağımda kitap
okurken, çay yaparken aniden bir
hatıramız geliyor aklıma. Yanıp
tutuşuyorum. Saatlerce düşünce,
hayaller, seninle yapamadığımız
sohbetlerle doluyor zaman..

Şikayet etmek için yazmıyorum bunları
sana. Sadece içimde yaşadığımı
çalkantılı denizin özleminle dile
getirilmesi. Bilmiyorsun olanları. Sen
kendi dünyanda kendi şeytanlarınla
boğuşuyorsun belki de. Belki çoktan
atlattın ve bir başka aşk macerasına
başladın. Hiç bir şey bilmiyorum.
Bilsem de bir şey değişmiyor. Bana

daha çok işkence, kaçamadığım hayatın devinimi, bense bir başka diyarlardayım artık. Kaçtım İstanbul'dan..

Uzaklarda olmak bana yaramıyor. Özlüyorum güneşi, terasımızı, İstanbul'daki basit hayatımı. Şimdi burada karların ortasında, soğuk bir yerdeyim. Kimse çalmayacak kapımı, ne de soran olacak artık buralarda beni. Yalnızlığa teslim oluyorum sessizce. Sensizliği daha da derinden hissedeceğim biliyorum. Ne dikkatimi dağatacak ne de yapmam gereken bir şey olacak.

Kendimi yazmaya vereceğim. Kitaplarımla başbaşa geçecek günlerim, cafelerde yeni tanıştığım insanlarla sıradan sohbetlerle dolduracağım günlerimi. Kabullendim her şeyi, değiştiremeyeceğim gerçekleri, önümde beni bekleyen soğuk kış günlerini bekliyorum.

Rilke yalnızlığını sev diyor. Belki doğru, yalnızım ve rahatsız etmiyor beni yalnızlık. Sanki sessiz bir ev arkadaşım, hayalet gibi dolanıyor benimle her yerde. Bir bakmışım tek kişilik bir akşam yemeğinde benimle oturmuş, konuşmuyor, susmuş. Bir şey söylemeyen, dilsiz bir misafir. Gideceği de yok, o yüzden bana kabullenmek kalıyor. Yalnızlığı kabullenen bir adam olarak sensizliği son demine kadar yaşayacağım. Ve belki de sonra her şey tükenecek. Belki de unutulacak.

Madame Butterfly gibi bir tepeden geri dönüşünü bekleyen olmayacağım. Çünkü sen geldin ve gittim. Mirasın bana bıraktığın anılar ve hüzün, sensizlik büyük harfle SENSİZLİK.

Biliyorum diyeceksin 'biz artık sevgili

değiliz'. Doğru. Bende eninde sonunda ayrılık sürecenin bütün aşamalarından geçmem gerekecek. Alkoliklerin 12 adım planları gibi bir gün bu aşama diğer zaman başka bir adım ve belki bir gün bir alkoliğin içkiye kavgalı eski karısı gibi baktığı aşamaya ben de ulaşacağım.

O zaman işte bir başka olacak her şey. Başka bir hayat, başka bir aşk, belki mevsimsiz bir sonbahar yaşayacağım bütün bunlardan önce sonra yaz gelecek.

Sıcak günler, çiçek açan ağaçlar, masmavi gökyüzü, kumsal ve deniz belki de yeni bir tende bulduğum yitirilmiş cinsel arzularım geri dönecek.

Bazen gelecek ne kadar uzak değil mi ?

Bu yazdıklarım benim hayallerim.

Neyin neresi kesin ki bizler bilmediğimiz limanlardan kalkıp hayatın okyanusuna açılıp rüzgarın esintisinde, tesadüflerin akıntısında bilmediğimiz limanlara giden gemileriz.

Biz geleceği nasıl bilebilir ki ?

Ayrılacağımızı ve bu kadar acı çekeceğimi bilsem bir şeyleri değiştirebilir miydim ki ?

Hiç bir şey değişmezdi. Biz yine beraber olurduk. Sonra ayrılık kaçınılmaz bir çığ gibi üzerime düşerdi. Ben o duygu yoğunluğu altında kaybolurdum yine. Yine kaçmam gerekirdi İstanbul'dan. Seni hatırlatan onca şeyden. Burada yine seni hatırlatan şeyleri bulurdum tekrar çünkü yaşadıklarımız hafızama kazınmış izler. Her biri şimdi bir bıçak yarası gibi kabuk tutmuş ama anısı canlı.

O yüzden geleceği bilmek bir marifet değil.

Bilseydin ayrılacağımızı yine de birlikte olur muydun benle ?
İşte ben bundan bahsediyorum. Yalnızlıktan, ayrılıktan bahsetmek yerine sana diyorum ki biz aynı yollardan geçerdik. Yine aynı hataları belki de tekrarlardık.

Pişman mısın bu kadar sevdiğine ?

İçinde bir boşluk bıraktı mı ayrılığımız ?

Bunlardan konuşmamalıyım. Üzebilir seni. Hatta korkuyorum. Bırakırsın okumayı diye. Hani bitmiş aşklar için yazılmış şiirler, sözler, mektuplar vardır ya onlardan birine yazılmış sözler bunlar. Okunmayı bekleyen mektuplar, bir sevginin yüceliğine ve bir aşk imparatorluğunun çöküşüne tanıklık eden mektuplar bunlar.

Sana yazıyorum bu sözleri çünkü bunu sen anlarsın en iyi. Belki de umursamıyorsundur artık, bitmiş bir aşkın neresini deşeceksin ki. İsa'yı çarmağa germek isteyenlere suçsuz bir insanı öldürmeyip "ellerimi yıkadım ben bundan" diyebilirsin. Ayrılığımızın günahlarını mazeretlere havale edebilirsin.

Bana kızdın mı böyle dediğim için ? Kızma. Beni dinle sadece. Diyorum ki, seviyorsan neden oradasın, neden ben buradayım. Sevdiğimiz halde biz neden ayrıyız. Kendi kendime bir açıklama bulmaya çalışıyorum belki de.

Hani denizde kaybolan denizcilerin cesetleri hiç bulunmaz ya eşleri, sevdikleri bekler belki bir gün geri dönerler diye, o ufacık umut onları o hayal dünyasında tutar. Oysa ki, bilseler cesetlerinin kıyıya vurduğu ya da balıklara binlerce lokma olduklarını bir defteri kapatırlar. Bu açıklama işte.

Ben de belki de kendi açıklamamı arıyorum. Kendi sorgulamalarıma cevapları bulmaya çalışıyorum. Belki de buna cevap yok ve hiç bir zaman kaybolan denizcinin sırrı çözülmeyecek. Hiç bir zaman bu aşkın bitişindeki karanlığa ışık tutulmayacak. Ben bununla yaşamak zorundayım.

Geçen gün karar verdim. Montreal'deki her kiliseyi, her Tanrı evini ziyaret edeceğim. Bize mumlar yakıp dua edeceğim. Belki kalbimizdeki sevgimizin anlamını anlarız. Belki de birbirimizin kıymetini biliriz. Ayrılmış olmamızda bile bir anlam buluruz. Belki de bütün bunlardan öte karşılaşmamızdaki ilahi sebebi kavrarız.

Dualar olmalı canım. Dualar olmalı birbirimiz için. Gibran öyle demedi mi ? Sevdiğin için yatarken dua olması gerektiğini söylemedi mi dudaklarımızda ?

Biliyorum bizim kaderimizde ayrılmak olabilir.

Ama sevmekten vazgeçmekte var mı ?

Tanrı'ya şükretmek değil mi dua etmek ?

Bazen düşünüyorum. Senin hiç sözlerinin arasında benim adım geçiyor mu ya da duaların oluyor mu bizim için diye. Hatta bazen soruyorum Peri'ye acaba hala beni seviyor musun diye.

Böyle şeyler geçerken aklımda nasıl hayatımı hiçi bir şey olmamış gibi idame ettirebilirim ki, hatta, bazıları benim beynimi boş umutlarla ve düşüncelerle doldurduğumu söyleyebilir.

Çözüm nedir ki ?

Hiç bir şey olmamış gibi mi davranmak ya da bir başka aşk arayışı içine mi girmek, bir başka bedende teselli mi aramak ?

Hepsi saçmalık gibi geliyor. Bu kadar yaşanılmış güzellik varken hepsini bir rafa kaldırıp hiç bir şey olmamış gibi davranmak nasıl bir insanlık olur.

Söylese bana daha yücesini mi

yaşayacaksın bu aşktan sonra ?

Sevmekten daha ötesi var mı hayatta ?

Daha ne isteyebilirsin Allah'tan ?

Sevmeyi, sevmeninde derinliğini hissetmedin mi ?

Aklımdasın her gün. Her saat, her an.. Şiirlerimdesin. Sözlerimdesin. Her şeyimdesin. Yaptığım her yemekte biraz sen varsın. Ama bütün bunlar nafile canım. Kimse bilmiyor benden başka.. Birde Peri ve melekler duyuyor söylediklerimi.

Zaten ne söylenebilir ki ? Bu kaçıncı mektubum sana. Sanki ardı arkası kesilmeyecekmiş gibi yazıyorum. Ama yazmam gerek. Ne yapabilirim ki ? Böyle avutuyorum kendimi.. Sana yazılmış okunmamış mektuplarım.

Sana söylenmemiş onca yakarış, yalvarış, ilan-ı aşk ve özlem dolu sözlerim.

Şimdi akşam olacak burada. Karanlığın çökmesini bekliyorum. O zaman saatler akar gece gündüze bağlanır. Sabahın erken bir saatinde yorgunluğuma yenik düşerim ve bir gün daha geçer böylece.

Hayal kuruyorum şimdi. Bu mektupların toplanıp, bir postacının çantasında sana teslim edilir diye. Üzerindeki bantı çıkartıp elle yazılmış adreslere bakarsın ilk, sonra tek tek açar ve okursun. Okudukca seni geçmişimizin güzel günlerine götürür belki.

Ama öyle bir tesellim yok. Biliyorum bu mektuplar bende kalacaklar yada hiç okunmayacaklar. Sen kimbilir nerede olacaksın bundan bir yıl sonra yeni bir hayatta yelken açmış, kendine yeni bir dünya yaratmış olacaksındır her halde.

Ne güzel diyorum. Senin için sevinmeliyim. Sevdiğim mutlu. İşte o kadar. O kadar basit.

Bense ne olurum bilmiyorum. Nerede, nasıl yaşarım. Hatta bütün bunlardan sonra yaşayabilir miyim bilemiyorum. Ama güçlü olmam gerek. Bu kadar sevmiş olmak beni güçlü yapmalı. Hayata bambaşka gözlerle bakıyorum artık.

O yüzden bu mektuplar yazılıyor belki de.. İçimde biriken sözlerin nehir olup akması gerektiği için satırlar ardı ardına yazılıyor.
Bu yüzden bu mektupları saklayacağım.
Bir gün gün yüzü görürseler bir seven okursa bu yazıları beni anlar, yukarıda bir yıldız tekrar göz kırpar. Bizim

yıldızımız o, aşkımızın yıldızı olacak. Aşklar hatırlanmak içindir sevgilim.

Ben seni hatırlıyorum. Aşkımız için yazıyorum.

Sen değil misin sevdiğim ?

O zaman bırakta sevmeye devam edeyim. Daha ne kadar sevebileceksem seveyim. Gün gelir bu dünya'dan göçerken seni ne kadar çok sevdiğimi hatırlayarak gideyim.

Böylesi daha iyi değil mi ?

Beni öbür tarafta Peri karşılarken meleklerde şarkı söyler belki. Çok sevdiğimi bu hayattaki görevimi yerine getirdiğimi bilerek cennetin kapılarını aralarlar bana. Kimbilir belki de seni görürüm yine bir zaman bir yerde. Hatırlamak istediğim gibi hatırlarım sadece.

Öncesinde veya sonrasında olanlarla değil. Sevgiyle, şevkatle, bütün kalbimle sana sarılırım. Biz bu dünya'dan ayrıldıktan sonra yine biz iki ruh olacağız eninde sonunda. Tekrar tekrar geleceğiz. Birbirimizi bulacağız. Kaderin cilvesi belki de.

Tanrı'nın yazdığını biz kullar mı bozabilir ki ?

Seni öpüyorum şimdi. Neredeysen sevgimi yolluyorum.

O.

15. Mektup

Güzel sevgilim,

Artık senden çok uzaklardayım. Bir zamanlar sokaklarında dolaştığımız Montreal'e geri döndüm. Burada gecelerin sessizliğinde sana yazacak sözlerimi buluyorum. Bir taraftan adım adım dolaştığımız sokak araları, senin çektiğin o graffiti fotoğrafları, diğer yandan anılarımızın doğduğu cafe ve mekanları ziyaret ediyorum.

Hepsi içimdeki özlemi biraz daha besliyor. Geceleri uçuşan böceklerin ışığın büyüsüne karşı koyamadıkları çekim gibi, ben de anıların o içimi yakan ateşine sarılmak istiyorum. Artık, hatıralarımızın bir zamanlar hayat bulduğu mekanlarda bana bıraktığın özleminle buluşuyorum.

Hatırlıyor musun, Angelina Christina'nın o iki kadını çizdiği graffitisini ?

Onu bir otoparkta buldum. Sanki seni bana geri getirdi. Bir zamanlar yatağımızın başında asılı tablo geldi aklıma hemen, birden aylar geriye saydı, tekrar yaz oldu. Seninle Montreal'i paylaştığımız günlere geri döndüm.

Nasıl oluyor bilmiyorum... Bu kadar anı, bu kadar paylaşılan varken ikimizinde aynı limana doğru hareket etmemiz gerekirken gemilerimiz nasıl oluyor da şimdi başka ufuklara doğru yol alıyorlar.

Sen ki, bütün o kadınlığının kudretiyle bu ilişki için yapabileceğin hiç bir şey kalmadığına kendini nasıl inandırabildin ?

Anlayamıyorum. Belki de bana geri

dönmek, aşkımızı kurtarmak yerine can çekişmesini seyretmenin sadistik zevkini yaşıyorsun. Avcının vurduğu yaralı hayvanın ölmesini beklemesi gibi senden içindeki o duyguların ölmesini bekliyorsun. Kimbilir, belki de o duyguları çoktan öldürdün.

Kızmıyorum sana. Nasıl kızabilirim ki, sen yine eski sen, sen yine eskiden yaptığın şeyleri bu ilişkin içinde tekrarlıyorsun.

Aynı ezberle nasıl değişik bir sonuç elde edebilirsin ki ?

Sen değil miydin, aynı şeyleri tekrarlayıp değişik sonuçlar beklemenin delilik olduğunu mantra gibi sayıklayan ?

Hem dikkatimi çekti. Kızkardeşin, annen hatta bütün arkadaşların diye nitelendirdiğin o insanlar beni afaroz etmişler.

Ne diyeyim ?

Onlar senin yanında duruyorlar. Oysa ki, ben olsam ilişkin kurtarmak için savaşırdım. Ben benim, sen sensin. Onlarda onlar olmaya devam edecekler. Risk almak yerine 'sen haklıydın, o seni hak etmedi' demeyi tercih ediyorlar. İnsan hali, hep kolayı seçiyor nedense.

Şimdi, ben onlardan konuşmak istemiyorum. Konuşmamın zaten anlamı yok. Bugün benimle barışsan dün söylediklerinin tam tersini söylemeye başlarlar. Arada nasihatla karışık bir kaç 'bak ben senin yanındayım' tesellisi olur.

Ne güzel değil mi ?

Hayat böyle, insanlar pek değişmiyor. Değişmesinlerlerde zaten onlara kalırsa bu dünya'yı değiştirmek, hepimiz Titanik gibi batarız denizlerin derinliklerine, kimse kurtaramaz insanlığı.

Kim kimi kuratabilir ki zaten ?

Ben seni kurtaramadım. Bütün fedakarlıklarıma rağmen bütün sevgime rağmen her şey boştu. Sanki gökyüzüne salınan uçan balonlar gibi, bir yere varacağını düşündüğümüz ama bir zaman sonra gözden kaybolup yok olan umutların hesabı bunlar.

Kimse daha o uçan balonların nereye gittiklerini görmemiş. Hiç birininde dünya'ya geri dönmediğinden eminim, ne bir eser var, ne de bir balonla ilgili bir rivayet.

Şimdi balonlar balon olsun. Ben sana

umutlarımdan bahsetmek istiyorum. Geçenlerde düşünüyordum, neden hala bu aşk için umut beslediğimi..

Geriye ne kaldı ki ?

Bir ufak beklenti, 'ışık olsun da peşinden gidiyim' diye çırpınıyorum.

Yok, umut yok biliyorum. Ama bir kumarbazın para kaybettikce bir anda şansının tekrar geri döneceğine, kaybettiklerini geri kazanacağına inanması bu sadece.

Çaresizlik insanı ne kadar delice fikirlere sevk ediyor. Nasıl bir insanın delirdiğine şahit oluyorsun. Git gide ben deliriyorum galiba demekle başlıyor sonra hayaletler, şeytani düşünceler, boş umutlar, arayışlar, hepsi birbirine eklenmiş zincir halkaları ve deliliğin derin sularına çekiyor insanı.

Savaşmaya çalışıyorsun. Ama bir taraftan deliliğin getirdiği delice bir haz var. Gitmek istiyorsun. Tutmamak, her şeyi kendiliğinden aktığı gibi akmasına izin vermek, ufak bir çocuğun çişi geldiğinde bırakması gibi, akıyor pantolonundan aşağı. Delilik akıyor işte öyle.

Biliyorum ki, sen asla bana geri dönmeyeceksin. İşte bu yüzden bütün bu düşünceler delice geliyor bana. Dayanılmaz bir özlemin, dahiyane gelen fikirlerle dans edişi diyebiliriz. Dahiyane çünkü hayaller var içinde yapamadıklarımızı yapabilme umudu içeren düşünceler bunlar.

Bir sanatçının tablolarını boyarken beyninden çıkan delice fikirlerinin hayal dünyasında bir şekil almasına sağlayan düşünceler bunlar. Bu yüzden, savaşmıyorum, çıkacaksa çıksın. Delireceksem delireyim diyorum.

Hani, birisi demiş ya 'her dahinin içinde biraz delilik var' diye. Aşkta delice bir fikir, her şey unutup hayal gücünün doruklara eriştiği bir mucize. O yüzden, aşkın sonunda böyle bir hüsran var. Ayrılışın getirdiği umutlar ise, acıyla yüzleşemenin getirdiği boşluğu doldurmak için kullandığımız acizce düşünceler sadece. Acizce ama dahice aynı zamanda..

Gittin, terk ettin beni biliyorum. Benimle mutluluğu yaşamak yerine başka bedenlerin teninde ziyafet etmesine izin vereceksin. Acı olanda seninde kendini 'ilişkideyim' diye avutman olacak.

Gerçekleri artık çekinmeden

söylüyorum. Seninle bütün kavgalarımızda gerçekleri bir tarafa bırakıp ilişkimizde huzuru sağlamaya çalışmıştım bir zamanlar. Senin yok edici, tahribat bombardımanlarına cevabım hep biraz daha yapıcı, birazda sevgi dolu olmaktı. Belki de, kendi içinde hiç bir zaman çözüm değildi.

Belki de, ben aşkımızın üstünlüğüne kendimi inandırmıştım. Belki, bu kitaplarda anlatılan, çocukluğumuzda kurduğumuz aşk hayallerinin eseri. Olsun, ben yine hayalde olsa inanmayı tercih ediyorum.

Tıp kı, çocukların Noel babaya inanması gibi yada mahşerde her şeyin hesabının sorulacağına inanıp bu dünya'da iyilik yapmaya çalışmak gibi, ben de aşka inanıyorum.

Artık her şey birbirini çağrıştırıyor.

Montreal'in sokakları seni çağırıştırıyor, yatağımız senin tenine hasret, ben sana hasretim. Ellerim tenin kokusunu özlüyor. Ama nafile..

Arasam geri gelmezsin bana. Arasam umutsuzluğumun gerçeğiyle yüzleşmek zorunda kalırım. Bir daha senin bana geri dönmeyeceğini kabullenmek olur bu. Gerçeklerle yüzleşmektense sahte umutlarla yaşıyorum. Belki, bir gün uyanırım ve bütün o sahte umutların yerini gün ışığı doldurur.

Şimdi sakat bir adamın, senin gibi duygusal sakat oldum. Sevmek isteyip bir başkasını sevemiyorum. Bir başkasına bakamıyorum. Bunun acısı sadece sevememek değil. Artık normal bir insan olmadığımı, hala içimde seni barındırdığımın idraki ve bununla yaşamanın acısını hissediyorum her gün. Bırakmak istesem de bırakamıyorum seni.

Gitmene rağmen hala kütüphanemizde bir ayı ve kurt heykeli duruyor.

Nasıl kaldırayım ?

Banyodaki ezcadolabındaki tamponlarını bile atamadım.
Bağlanmışım her şeye, yaşlı adamların hatırlarından ayrılamaması gibi benden seninle yaşadıklarımdan ayrılamıyorum. Ne acı, belki de hayatın akması gerektiğinde geçmişin eski defterlerini karıştırıyor olmak acı.

Yapacak bir şey yok. Aşkımızın bedelini ödüyorum. Taksit, taksit de değil, her gün toplu ödeme alıyor melekler yoksa Azrail kapımda. İdam yok aşkın sonunda ama hatıralar koğuşunda müebbet hapis var.

Senin içime kurduğun zindandan çıkamamak, özgürlüğün özlemini çekerken asla kurtuluşu olmayan bir girdabın içine kayboluyorum. Kaçmıyorum. Denedim. Olmuyor. Ne senden ne de yaşadıklarımızdan kurtuluş yok. Onlar anılarım olmuşlar, benimle her yere geliyorlar. Sokak sokak geziyoruz. Akşamlar yatağımda yatıyorlar. Hayat kordonum olmuşlar; beni sana bağlıyor.

Onları öldüremiyorum. Öldürebilsem bir katilin kurbanlarını her yerde gördüğü gibi ben de hayaletlerinle boğuşurum. Kabuslarıma kabus eklenir. Gecenin bir saati seni sayıklayarak uyanmak yerine cehennem ateşinde kavrulduğumu görürüm.

'Benim günahım neydi ?' diyorum bazen.

Çok sevmiş olmak mı, terk edememek mi ?

Boş bir hayalin peşinden ölesiye gitmek mi yoksa gerçekleri kabullenemek mi ?

Olsun her şeyi kabullendim. Bir nokta da kabullenmekten başka bir çare yok. Artık kendimi tutmuyorum, ne resimlerine bakmaktan ne de gecenin bir saatinde bir anımızı ziyaret etmekten.

Bazen Büyükada'daki Ayayorgi kilisesine ziyaretimiz geliyor aklıma bazen de Aybir kilisesine gittiğimiz gün. Hala bir yerde iki adet altın balık duruyor. Onlar çocuklarımız olacaktır. Ne boş şimdi, yüzecek bir denizleri yok. Boş bir kutunun içinde öylesine günyüzü görmeyi bekliyorlar.

Umutların sönmesi belki de böyle bir

şey, geceyi aydınlatan mumun uyku vaktinde söndürülmesiyle her şeyin karanlığa terk edilmesi. Ayışığı, evet ayışığı hayal dünyam, mazi, yaşanmışlar, onlar karanlıkların içinde aydınlanıyorlar. Senin yokluğunla besleniyorlar.

Ufak perilerin sihirli değnekleri, başımın üstünde yanan bir yıldız kümeleri, düşüncelerimin içine saklanmış hatırlarımız, mazimiz, yaşanmışlıklar gizlenmiş. Bir gece ansızın perilerin o sihirli değneklerinden bu düşünceler aklıma giriyorlar.

Yıldızlar, evet yıldızları görüyorum gözyüzünde. Seni düşünüyorum. Bir anlık huzur. Bir anlık 'biz'..
Sen beni terk etmişken, umutlarım da terk ediyorlarken beni birden bir okyanus dalgasının zihnimin

kumsallarını yıkarcasına yeni umutlar getiriyor bana. Dalgalar geri çekiliyor, yeni hazineler, hatırlarla dolu sandıklar açıyorum.

Gecenin bir saati gelen bu okyanus dalgaları...

Gerçek şu ki, zaman geçtikce özleminin garından yavaş yavaş kalkan umutlarla dolu trenler bir daha geri dönmemek üzere tek tek ayrılıyorlar benden. Umutsuzluğumun içinde intihar ediyorlar tek tek; bir bakıyorum bu umut daha gitmiş. Çünkü biliyorum ki, zaman duyguları köreltiyor.

Sen yeni duraklara yolcusun. Neresini inkar edebilirim ki ?

Geriye kaç tane umudum kaldı ki ?

Seninle gidemediğimiz seyahatleri

düşünüyorum.

Hani, Tayland'da izdivaya çekilip huzur bulacaktık ?

Barselona'ya gidip Tickets'ta akşam yemeği yiyecektik ?

Ne oldu o Yunan adalarına gidiş planlarımıza ?

Kurduğumuz hayallerini umutsuzluk dolduruyor artık.

Bir şey değişir mi ?

Artık çocuk değiliz, gerçekleri kabullenme zamanı.

Sadece benim kabullenme sürecim daha uzun sürüyor. Sen zaten kararını çoktan uygulamaya koymuşsun. Benim yaptığım aslında köpeklerin sahipleri ölünce 'belki bir gün geri döner' umuduyla kapıda nöbet tutması sadece. Ben de, bu yüzden bunca ayı senin ansızın döneceğin umuduyla geçirdim. O büyük okyanus dalgalarının geriye bıraktığı umutlardan kurduğum bir hayal dünyasının ürünüydü, biliyorum.

Aylarca, sana yazdıklarımı bir şekilde okursun, söylediklerimden, duyduklarından kalbine bir yol açılır, senden takip edersin o yolu diye hayal etmekten öte gitmeyen bir umut zerreciğidi bu. Ve söndü.

Nafile, her şey gibi bu da nafile.

Sen ki, gücünün dirayette olduğuna inanan kadın, şimdi aşkın üstünlüğünü mü kabul edeceksin ?

Kendimi böyle boş düşüncelerle avutmuyorum. Kabullenme süreci sadece..

Bekliyorum. Bekliyorum. Geceleri, gündüzleri kendimi bir şeylerle meşgul ediyorum ki, zaman geçsin. Ölenin arkasından tutulan 40 günlük yas, aşkımız için tuttuğum 40 aya denk olacak belki. Bu sahile vuran balinaların ölmeyi beklemeleri kadar acı bir gerçek, aşkın maziye kayıp gitmesi hep acı değil midir zaten...

Beklemekten başka ne yapılabilir ki şimdi ?

Farkındayım. Bu mektubum yine uzadı. İçimde o kadar çok biriken duygu, cümle ve anı kalmış ki, bu satırlarda hayat buldular. Okundular, düşünüldüler biraz, bir kaç satırı hatırlanacak belki. Bir kelebeğin bir günlük ömrünü cümlelerim bu sayfalarda yaşıyorlar. Sana da sevgilerini yolluyorlar.

Sevgiyle kal.

O.

16. Mektup

Sevgilim,

Günaydın.. Biliyorum, bunu okursan bir
gün gece de olabilir. Ama benimlesin
ya, burada sabah, o yüzden günaydın
diyorum sana. Gülen bir yüzle,
kahvenin taptaze kokusuyla günaydın
sevgilim.

Montreal'de bembeyaz bulutlar
karşılıyor penceremden beni.
Selamlaşıyoruz.

Günaydın bulutlar.
Günaydın Montreal..
Günaydın yeni bir gün..
Günaydın sevgilim...
Güzelliklerin hepsi bir arada bugün.

Aklıma İran'lı şairlerin şiirlerinde adı
geçen gül bahçeleri geliyor, beraber
dolaştığımız sokaklarda bulduğumuz
graffitiler, renkler, delice dahiyane

fikirler patlıyor bir kameranın flaşı gibi beynimin içinde.

Neydi o günler ?

Bir çırpıda geçen yaz günleri, bitmek bilmeyen bir arayış, delilik, kayboluş, keşif ve eriyip tekrardan birleşmenin dayanılmaz hazzı. Hepsi bir arada şimdi..

Her ne kadar maziye yazılan anıların cümleleri olsalar da bu sözler bir saygı duruşu geçmişimize, beraberliğimizin bir dönemine ait hatıralara hak ettikleri bir yer vermek, güzel bir tablonun çerçeveye oturtulması ve sonrasında tozlanmış raflardan indirilen şiir kitapları gibi bir aşığın elinde sayfalarının heyecanla çevrilmesi.

Rilke'nin sözleri geliyor aklıma, 'her şeyin olmak istiyorum' diyor. Acaba

Rilke'de Lou'ya aşkından dolayı mı kendini yazmaya verdi dersin. Belki de, Lou'yla imkansız bir aşkın oyuncuları olmanın senaryosunu yazması gerektiği için bütün acıları yaşamayı seçti.

Bugün güzel bir gün ya bu yüzden bir ufak kutlama düşünüyorum bize. Her zaman olduğu gibi Cafe Olimpico'ya gideceğim. Yanımda kestane şekeri olacak, iki tane, bizim adımıza güneşin o ısıtan sıcaklığını sırtımda hissederek kahvemi yudumlarken ağzımda kestanenin o dağıldığındaki tadı yayılacak yavaş yavaş.

Bir an gözlerimi kapatacağım. Zaman geriden bizi getirecek bana. Kitaplarımızla Cafe Olimpico'da oturduğumuz yaz günlerinden birini hediye edecek. Mutluluğu hem ağzımda yavaş yavaş yayılan zevkle yaşarken anılarımızdan bir günü hatırlayarak

yaşadığımız günleri ve bizi
kutlayacağım.

Zaman kaybolacak, dakikalar duracak,
saatlerin yel kovan ve akrebi oldukları
yerde sayacaklar. Dünya bir an için
olsun, sadece bu mutluluğu yaşadığım
için bir anı daha bana hediye etmiş
olacak. Hayat bir an daha uzayacak.

Seni o ilk gördüğüm gün gibi yine
zaman bir an daha duracak. Her şey o
bir anlık mutlulukta yaşanılacak.
Ölümle kucaklaştığımızda hayatın bize
verdiği son hediye de bir an, bütün
hayallerimizin, yaşadığımız günlerin,
sevgimiz ve mutluluğumuza bir anlık
bir yolculuk.

'Bak işte sen bunları yaşadın. Hayatın
boşa geçmiş bir ömür değildi' dercesine
bir an. İşte ben o 'bir an'ları
biriktiriyorum zihnimde. Ne zaman ki,

sensizliğin kabusu başlasa bir an istiyorum geçmişimizden ve bir an geliyor hemen.

Çocukların bayramlarda açtıkları hediyeler gibi ben de heyecanla hatırlıyorum. İşte o an acıma, ızdırabıma merhem oluyor o bir an.

Sensizliğe başka nasıl katlanabilirim ki ?

Başka özleminle nasıl yaşayabilirim ki ?

O eski duvar saatleri gibi tik tak tik tak her an, her saniye içimde bir duygu girdabı varken tek kaçış, tek tutunalacak düşünce o 'bir an' olu veriyor.

Bu yüzden 'bir an'lar benim paha biçilmez hazinelerim. Dağlar kadar para, hazine veya dünya'nın malı bu hazineyle boyun ölçüşemez. Öyle ki, bu alemden ayrılırken beraberimde alabileceğim yegane miras bu 'bir an'lar olacak. Ben de o 'bir an'lardan çok var şimdi. Seninle geçirdiğimiz o günlerde biriktirdim bir çoğunu.

Azrail bile o bir anları almama izin veriyor. Ben de sana veriyorum bir hediye şimdi, bir gün okursan bu sözlerimi, bir anımızı hatırlarsan yaşadığımız, o benim sana hediyem işte. Veremediğim onca hediyeden sonra bu ayrılığımızdan sonra vereceğim en güzel hediye.

Hediyeler güzeldir. Aklıma gelmişken evimize ufak bir hediye aldım.

Dün Station 16' daydım. Montreal'in sokaklarının renklerinden, sağ solda rast gele saçılmış graffitilerinden, duvarlara özenle boyanmış o canlı sanat eserlerinden, bu şehrin bohem hayatının yarattığı ilham dolu sanattan bir zerre güzellik kattım terk ettiğin evimize.

Tam olarak nasıl oldu bilmiyorum. Bir eserin önünde durduğumda içimde kopan duygu fırtınasında, bana konuştuğunu hissettim. Dialoğumuzun sonunda karar verilmişti, 'sen bizim olmalısın' dedim. 'Evet, sen bizimle geliyorsun. Sevdiğim bunu eseri de severdi görseydi.' diye ona tek kişilik evimize gelişinde tesellim oldu sözlerim.

Ortasında öpüşen bir çift, etrafında onlarca hayatla ilgili çizimlerin olduğu bir karma eser artık bizim günlerimiz paylaşacak. Özür dilerim. Hala 'biz' diye konuşuyorum. Ben demeye alışamadım bir türlü. Alışmadığın ve sevemediğin bir mutfağı yemeklerini yemek gibi her seferinde annenin yaptığı o lezziz yemekleri özlemek gibi biz demek.

Tabloyu nereye astım dersin ?

Tabii ki yatağımızın başına. Sen Angelina'yı alıp gidince bomboş kaldı orası, hani insan sevdiği, bağlandığı bir objeden ayrılınca boşluğunu hisseder ya bu da öyle bir duygunun telafisi oldu.

Senin yerine bir şey koyamıyorum hala. Kopan bir kola protez takmışlar. Koluma o kadar alışmışım ki, arada kullanmak için bir şeye uzanıyorum ama o kol orada yok. Bir savaşta kopmuş.

Şimdi olmayan bir uzuva yeni bir kol mu bulacağım ?

Gerçek şu ki, bir savaş gazisi gibi çolak

kalmayı gururla taşıyorum. Bu benim aşk yaram, bu benim sevdiğimden sonra kopan parçam diyorum.

O yüzden senin yerine kimseyi koymakta istemiyorum aslında. Bu yüzden sana yine mektup yazıyorum. Seni düşünüyorum bu sabahta, uyanınca ilk düşüncem oluyorsun. Gece uykunun sarhoşluğuna teslim olmadan önce son aklımdan geçen mutluluğumsun.

Sabahları seni düşünerek uyanmak tılsımlı bir his, bir başka tenin tesellisiyle uyanmaktan çok daha yüce bir tutku, kanıma giriyor, sonra dayanamayıp yataktan fırlayıp o sıcacık, taptaze kahve kokusuna teslim olmak istiyorum.

Geçen gün içime garip bir duygu çöktü. Açıklaması yok. Ama senin bir başkasına tenini sunduğunu hissettim. İçim burkuldu. Sanki en sevdiğin insana tecavüz edilirken seyirci kalmaktı bu. Ama daha da acısı en sevdiğin insanın bunu bilerek ve isteyerek yapıyor olması, uçurumdan aşağı atlayıp yere çakılmanın acısını en derinden hissettiğim andı.

Kulağımda kemiklerimin çarpma anında çatırtısı, kırılmanın o içimde yarattığı duygunun bütün benliğime yayılması teninin teslimiyeti. Aslında aşkımızla geçmişin kirinden temizlenip yeniden pazar tezgahının üstünde binbir ellin uzanıp dokunduğu ten olması dayanılmaz bir acı, ama daha da acısı çaresi yok.

Evet, ölüm yok sonunda, şimdi beynim her zamankinden daha canlı, daha uyanık, etin etten kopmasını, dişçinin anastesiz dolgu yapması senin tenini paylaşırken hissettiğim balyoz darbesi yanında hafif bile kalıyor.

Düşünmemek gerekiyor. 'Düşünme' diye nasihat eder ya insanlar, o nasihatlar nafile. Ufak çocuklara balonuna sımsıkı tutun demek gibi ve bir heyecan anında o balonun gökyüzüne havalanmasını seyretmek işte yaşanan mesele.

Ben ne kadar düşünmemeye çalışsam da bazı şeyler çok canlı, boyutların ötesinde duygularla yüklü, bu nedenle, kaçış yok. Bağlanmış bir elektrikli sandalyeye bu idamı da seyretmek zorundayım.

Önümde bir porno sahnesi şimdi, baş aktör sen. Gardiyan diyor ki, bu son işkence sonra sana uzun bir uyku.

Bir porno filminde dört beş zencinin

gencecik kızı ucuz et parçasına çevirmesini seyretmekti bu. Ama şimdi, sessiz kalmaktan başka bir çarem yok. Olan olmuş. Sen özgür bir kadınsın artık. Geçmişinde yaptıklarını sadece tekrarlıyorsun. Bense seyirciyim bu sefer.

Neyine şaşırıyım ki bu duruma ?

Kabulenmek gerek.

Bu sabah kahve ve meyveyle geçti. Gün yarılandı bile. Günler sonra ilk defa uyudum. Uyku ilaçları mı yoksa günlerin yorgunluğumu bir anda gece taaruzu gibi bastılar dün akşam. Bilmiyorum belki de dün gece hissettiğim acıdan beynimin yorgun olmasıydı asıl sebep. Ne fark eder ki, uyudum işte.

Sabah uyandığımda üç beş yaş daha

gençleşmişim. Biraz uyku, biraz sevgi, biraz huzur insanın belki de en büyük ihtiyacı. Ben uykusuzluğa alıştım ama sensizliğin her dakika benimle, günümü, gecemi paylaşmasına alışamadım. Belki bir gün...

O yüzden bu mektuplar ve yazdığım şiirler duygularıma tercüm oluyorlar. Her tercüme gibi bu sözlerde yetersiz kalıyor. Yine de şimdilik yapılabilecek en güzel şey. Mazi ye bir yolculuk, bu mektupla seninle bir monolog, sabah kahvesinin kokusu hala odamda taze.

Atwater market'e gideceğim bugün. Yeni taze kahve, biraz o mis gibi kokan ekmeklerden alacağım. Sabahları senden kalan bir alışkanlıkla kahve içiyorum artık. Kahve de özlemin gibi miras bana şimdi.

Seni hatırlatan yüzlerce zerrecikten bir

tanesi artık benim bir parçam olu verdi. Sabahları seninle uyanmasam bile kahveyle uyanarak seni anıyorum. Biliyorum, bir gün bir başkası yatağımı paylaşmış olsa haksızsızlık olur diye de düşünme lütfen. Açıklayabilirim, artık kahve seni hatırlatmanın ötesinde benim tiryakisi olduğum tutkum, sabah kahvesi, mis.. Günaydın sevgilim...

O.

17. Mektup

Sevgilim,

Bir gün daha başlıyor Montreal'de. Hava puslu sanki bir duman bulutu şehri üzerine çökmüş bekliyor öylesine. Hani bir şey olmasını bekler gibi film sahnesinden bir kare hayat bulmuş burada, Casablanca filminden Humprey Bogart'ın sevdiği kadını tren garında beklemesi geliyor gözlerimin önüne, yağmur çiseliyor dışarı da. Neyi bekliyorsa...

Ev sakin, sabahın erken saatlerinde terk edilmiş sokakların sessizliği var bu dört duvar arasında, radyoyu açıyorum ve Beethoven'dan çoşkulu bir müzik güne renk katmaya çalışıyorum. Adeta 'hadi kalkta bugün güzel bir şeyler yap' dercesine tekrar tekrar kemanların neşeli melodisi araya giriyor. Ama havada her şey ağır, o kadar ağır ki, duman bulutu içeri teneffüs etmiş her nefesimde biraz daha o ağırlığın kanıma karıştığını hissediyorum.

Kahve neredesin ?

Günüme kahve, frambuaz, pekan ve bu mektupla başlıyorum. Söylenecek o kadar sözün arasında özenle bir çiçek buketi hazırlıyorum sana, bir bahar günü açık pencereden neşenin kanatlanıp çiçek açmış ağacın dallarında gezintisi olurlar belki.

Bu sabah yüreğimden yükselen bir aria 'aksın, aksın hayat' diyor. Her şeyi akışına bırakıyorum. Eğer düşüncelerim çağlayan bir nehir olup denizlere doğru akacaksa varsın aksın. Ne akacak kan damar da durur ne de söylenecek söz yüreğe hapsedilir. Tutmazsın yine de kaçar düşünceler, sözler, ya şiir olur ya şarkı, ya da sürçi lisanla çıkar ağızdan.

Yaşın getirdiği bir erdem olsa gerek hiç bir şeyi tutamadığını anlıyor insan. Belki de bu hayat tecrübesi ya da yaşımın getirdiği bir olgunluk, her neyse, her kadın ve erkeğin bir süre sonra yüksek bir tepeden hayatın manzarasına bakıp her şeyin kendi içinde bir devir daimi olduğunu görmesi bence.

Bizler hayatlarımızın ne kadar önemli olduğunu, vazgeçilemez, hatta hayatın bize ihtiyacını düşünürken hayatın akışı içinde nehrin çakıl taşları üzerinden akıp gitmesi kadar önemsiz bir parçasıyız.

İnsanlar yaşlanıyor, hastalanıyor, ölüyor ama hayat akıyor, yenileniyor, yaşlının yerini genç alıyor, hüzünün arkasından bir gün mutluluk gelebiliyor. Sadece her şeyi hayatın akışına bırakmak gerekiyor bazen.

Bazense sorgulamak yerine cevapların kendiliğinden bize gelmesine izin vermemiz en doğru seçim.

Rilke'nin bir genç şaire mektuplarında söylediği gibi, 'bırak zaman sorularına aradığın yanıtı kendi içinde getirsin.' Dün gece sana yazdığım bir şiirde bunun anlamını daha iyi anladım.

'Ben intihar eden Bonaparte olmuşum, acı ve hüzünün zehrini yutup ölmeyi beklerken
yeniden hayat bulmuşum.'

diye mısralar düşüncelerime tanık olmuşlar.

Şimdi içimden yeniden sözler kanatlanıyor. Kelebeklerin bir yaz günü çoşkulu dansı gözümün önüne geliyor.

'Aşk yeniden içimde

kış uykusundan uyanan ağaçlar gibi
budaklanıp yaprak açmış,
dalları göğe doğru uzanırken
beni yaşama bağlayan kökleri
daha derinlere inmiş.'

Sanki rüzgarda dalla tutunmuş yaprağın
sallanıp diğer yapraklarla yarattığı bir
melodisi olmaya çalışıyor.

'Hayat aksın, canım.
Hayat aksın.
Ne sen tutabilirsin ne de ben..
Hayat bize aksın.'

Bu bir tesadüf değil. Yaşamın devimini
içinde mevsimlerin değişimi benim de
olgunlaşıp yeni meyva vermemin
sonucunda gelinen bir noktadayım.
İlaçların arkasına saklanıp aşkın acısını
dindirmeye çalışmak yerine delirmeyi
göz önüne alıp binbir neşter darbesiyle
yüreğimin aşkla yeniden

şekillenmesiyle bugün buradayım işte.

Bütün acı, ızdırap olmadan nasıl aşkın derinliğini nasıl anlayabilirdim ki zaten ?

Bu yüzden gecelerime kabus olan ağır düşüncelerim, acıyla maziye anmalarım, sen, evet, her şeyden öte bana aşkın bu derinliğini yaşamam için vesile olan sen Tanrı'nın ilahi lütfusunuz.

Bütün her şeyin bir sebebi var diyorlar ya, ben anlamasam da daha bir sebebi var bütün her şeyin. Aybir kilisesindeki dualarımın yanıtı aşkı bulmak oldu mu dersin ?

Paris'te Sacre Couer'de Tanrı aşkıyla kilisenin duvarlarında yankılanan o rahibenin sesinde bulduğum huzurla ettiğim duanın cevabı sensin. Bir yaz günü seni Paris'e götürdüğümde Tanrı'ya şükranım 'işte, hayatımın kadınını getirdim.' olmuştu.

Hatırlıyor musun, Normandy'de Atlantik okyanus'una bakan o tepede balıkçıların geri dönmeleri için çocukları dua ettikleri duvarlarının umut ve hüzün dolu o ufak kiliseyi ?

Orada yaktığın mumlar, söylediğin dualar aklına geliyor mu şimdi ?

Ya o şirin kilisenin önünde gün batımının altın renklerinde tutkuyla öpüşmemizi ?

İşte bu anılar yüreğimde, zihnimin derinliklerinde yaşıyorlar. Ne yapacaklarını bilemediler. Bu kadar anı, aşk için birer sütun olup ibadet ettiğimiz tapınağımız olacaklardı.

Oldular da bir bakıma, Partheneon'da esen rüzgarların sütunlar arasında dolandığı gibi düşüncelerimde şimdi anılarımızın sütunları arasında esiyorlar. Aşkımızın tapınağı boş ve terk edilmiş dursa da hala ayakta ve yeniden hayat buluyor benimle.

Hani, o Sultanahmet'in bahcivanının özenle, sevgiyle, tutkuyla, hayranlıkla çiçeklerine bakması gibi ben de aşkımızın eseri bu tapınağa bağlılığım. Öyle de olmalı, kaç şaheser aşk yazılmış böyle, kaç ruh bu kadar büyük sevgiye kapı açabilmiş ki...

Tanrı'nın bu lütfuna şükranlarımı daha güzel nasıl gösterebilirim ki ?

Seni sevmişim, seviyorum da, hayatı sorgulamak, kadere küfür etmek olur. Böyle olması mı gerekiyormuş. Böyle kabulleniyorum.

Bak neler çıkıyor bu aşkın neticesinde, sana yazılan mektuplarım var. Bir gün okunursalar hayat bulacaklar. Öyle de olur belki. Ben şimdi sözlerin aktarıyım bir tutam buradan bir tutam oradan, biraz da sevgi katıyorum ki, bu aşk unutulmasın.

Aşklar unutulmamalılar hiç bir zaman. Akıp giden hayat aşkın acısını dindirse de, paylaşılan mutluluklar, anlar, sözler yaşamalılar zihinlerde.

Hayat yeniliklere kapılar açsa da yüce aşklar şiirlerde, şarkılarda, sanatta hayat bulmalı... Dali bile tablolarını G. Dali diye imzalardı. Aşk böyle olmalı yoksa o aşk değil zaten.

Bir akşam çakır keyfi olunca insan dudaklardan aşk için söylenen sözler uçmalı, havada kanatlanıp kulaklardan kalbe yolculuk etmeli.

Şiirler ve sayfa sayfa duygu dolu sözlerle yazılmış onca eser okununca başka bir zamanda yaşanmış aşka götürmeli. Orada, işte o zaman aşk yeniden hayat bulur. Bir çift gözün sözlerle kurduğu yeni bir hayal dünyasında yeniden bir saltanat kurar aşk.

Aşk zaten tahtında saltanatını sürdürmeli. Hayat bizden bunu istemeli, biz de bunu vermeliyiz ki, Tanrı'nın bizi bu hayata göndermesindeki amacı yaşayabilelim.

Sana bugünlük bu sözlerimi yolluyorum aşkım.. Mutlu ol.

O.

18. Mektup

Sevgilim,

Montreal'de soğuk bir nisan gününde yazıyorum sana. Dün kar vardı, ondan önce ki gün de, sanki hayatımın bütün günlerine bir kış çökmüş gibi geliyor. Hani, kar yağarda bütün toprağı bir beyaz yorgan örter ya, şimdi zaman geçtikce o yorgan anılarımın vadisini kaplıyor.

Her şey çok net sanki dün gibi yaşıyor hafızamda ama anılarımın üzerine kar yağmış. Her taşın üstünde, her ağacın tepesinde, sanki bir hayalmiş yaşananlar, bense hala rüyalar alemindeyim.

Nasıl oluyor da bu böyle ?

Seni çok sevmenin etkisi olamaz mı ?

Çünkü yaşananlar acısı, kavgası ve

öfkenin patlayan yanardağlarıyla bu anılar vadisi oluştu. Tepeler hala bulutlu, kara lavaların bıraktığı izler hafızamda mevcut. Sonra düşünüyorum, geçmişimizin iniş çıkışları, acımasız vahşeti geliyor aklıma..

Neydi o kavgaların, o acımasız tavırların sebebi ?

Olay bitmiş zaten şimdi bunları yazmamın ne anlamı var.

Ama yazıyorum işte. Ne diyebilirim ki başka !

Kral Salomon'un hazinesi yaşananlar, pırlantalar anılarımız, kavgalarımız kara lavalar, her şey derin karanlık mağaralarında cadı kazanında kaynattığın sırlarınla dolu. Senin eserin, benim kabullenişim, senin kudret benim acizliğim.

Sevmek insanı zayıf kılıyor. Bir
bakıyorsun her şeyi kaybedebilmişsin.
Kaybetmek artık korkutmuyor beni.
Çünkü, köprüler yakmışız. Mostar
köprüsünü de havaya uçurmuştular.
Nasıl karşıya geçip hiç bir şey olmamış
gibi devam edebilirim ki... O yüzden
Montreal'e sığındım.

Burada Leonard Cohen'in izleri var.
Plateau'da onun yürüdüğü sokaklarda
geziniyorum. Bir parkta oturup onun
hayaletleriyle sohbetlerim oluyor.

Daha geçen gün, 'if it be your will'
şarkısının sözlerini duydum. Besbelli, o
sözlerin perisi hala buralarda dolaşıyor.
Bana da fısıldadı yürürken,

'Eğer arzun
benim artık konuşmamasa,

ve sesim duyulmamasıysa,
eğer arzun,
daha öncesinde olduğu gibi,

benim adıma konuşulana kadar
beklememse susmamsa
eğer arzunsa

Eğer arzunsa
bir sesin gerçek olması,
bu kırık tepeden sana şarkı söylüyorum,
bütün övgüler sana yankılansın
eğer arzunsa
bu kırık tepeden
sana şarkı söylememse
bütün özgüler sana yankılansın
eğer arzunsa'

Şimdi oturmuş bu sözleri sana yazıyorum. Bu
Boheme şehirde, sanatçılarla yazarlar arasında
ben de kendime bir köşe buldum. Cafelerde
oturmuş şiirlerime hayat veriyorum.
Çocukluğumuzda oyuncaklarımızla
konuştuğumuz gibi ben hala ağaçlarla,
kuşlarla, perilerle ve meleklerle konuşuyorum.

'Deli misin ?' deseler.. Evet deliyim.

Bu dünya delirmemiş mi zaten ?

Her şey altüst olmuş, bizler de bir yalana inanmışız.

Televizyon karşısında her gece büyülenip aynı hikayeyi kutsal kitaplardan sözlermiş gibi inan bir toplumun meyvaları değil miyiz ?

Ben diyorum ki, boş ver dünya'yı. Biz mi kurtaracağız insanlığı. Zaten insanlık kendi bildiğini okuyor. Sanki seçimlerimizde bizim gerçekten özgür irademizle seçtiğimize inandırılmışız. Özgür irademizle karar verdiğimizi düşünerek avunduğumuz bir çarkın içinde yaşıyoruz.

Kontrol gerçekten bizdeymiş hissini ne kadar benimsemişiz.

 Kim neyi seçiyor bu dünya'da ?

Ne doğduğun yeri, ne de yaşadığın hayatı seçebiliyorsun. Şimdi, bana çalıştığın yeri, yaşadığın evi, arkadaşlarını mı seçtiğini söyleyebilirler. Belki de, kader böyle bir kusursuz hayal ürünü, bizler kontrolde olduğumuzu düşüne duralım, gerçekte kader zaten kiminle birlikte olacağımızı, nasıl yaşayacağımızı belirlemiş.

Yoksa açıklayabilir misin ayrılığımızı ?

Herkes bir uyur gezer, geçip gidiyor bu hayattan. Bazen, aşk çarpıyor insanı, uyandırıyor, duygularını yılların uykusundan kaldırıyor. Hani, günlük hayatın körleştirdiği o duygularımız birden hayatımızın devleri oluyor. Güliver'in serüveni, ne ipler, ne de sözler bağlıyor aşıksa insanı.

Birden renkleri, çiçekleri, gökyüzünün mavisini görüyoruz. Sonra, hayat bir daha aynı olmuyor bazılarımız için, ben yirmi senedir bu yüzden televizyona bakamıyorum. Delirtiyor her şey beni. Uyuyan bir insanlık sürüsü, ufak dramalarla, hayatla boğuşarak yaşlanıyorlar.

Bu mu insanlığın en iyisi ?

Ne oldu o Leonardo Da Vinci lere ?

Nerede Monet, Picasso, Hemingway ?

Kimse söylemesin yenileri var diye. Yok canım yok.. Kimse inandırmasın bana bir Shakespeare'in daha aramızda dolaştığına, Rembrand öleli yüzyıllar oldu. Bırakalım da öyle olsun. Belki sonunda geriye dönüp ruhsal açlığımızı doyurabileceğimiz bir kaç lokmayı gerimizde buluruz.

Belki de bu yüzden seni bu kadar çok sevebildim. Belki de, gökyüzünün mavisinde biraz özgürlüğü görüyorum, senin saçlarında biraz baharı, öfkende şimşekleri, gözyaşlarında yağmurun hüzününü yaşadım.

Daha ne isteyebilirim ki bu 3 boyutlu yaşamdan ?

Sen yoksun, evet.. Ama hatıralarımız var ya, onlar bak ne güzellikler doğruyorlar. Daha geçen gün aklıma yeni bir proje geldi. Montreal'in sokaklarında özgürlüğün sesini yükseltecek fikirlerim var şimdi.

Keşke yanımda olsan beraber yapabilsekte diyemiyorum. Çünkü, boş hayaller peşinde koşmayacak kadar olgunlaştım, belki de yaşlandım. Şimdi, bakıyorum, geçmişimiz sadece bir miras bana. Yanımda taşıdığım not defterim, Montblanc kalemim, ilham perilerim, dolaştığı şehrin sokakları, hepsi bir dünya ve sadece bu dünya bana yetebiliyor.

Kitaplarım, müziğim, anılarım, sözlerim, şiirlerim, bir kaç lezzet olduktan sonra neden olmasın...

Sensizliğin acısı hala taze,
gitmiyor bir yere,
öylece yaşlı bir köpeğin alıştığı yerde uyuyor olması gibi
senin yokluğunda yerini sevmiş, ,
bense onun varlığına alışmışım.

Dün akşam, Charles Bukowski'yi Linda için yazdığı şiiri okurken seyrettim. Ağladı adam, içim burkuldu. O kadar sevgi, duygu, acı, kaybetmenin dayanılmaz acısı ve yıllar geçse de taptaze.

Acaba bana da öyle mi olacak dersin ?

Ben de zaman akıp gitse de seni düşündüğümde gözyaşlarım göz kapaklarımın arasında birikecek mi... Biliyorum bu böyle. Özleyeceğim, insanın anneannesini, babasını, kızkardeşini, yıllarını paylaştığı sevgilisini veya karısını özlemesinin neticesi.

Şimdi özlemden bahsetmek boş geliyor. Nesini anlatayım ki, herkes bir nebze özlüyor, bazılarımız daha fazla, bazılarımız hiç unutamıyor, bazılarımız şair oluyor, yazıyor.

Bazıları ise, unutabiliyor. Sanki, seksten sonra bir sigara yakıp, derin bir nefes çekip, üflerken her şeyi maziye doğru yolluyabiliyorlar. Havaya karışan duman gibi yaşadıkları hafızalarında dağılıp geçmişten kalan bir hatıra oluyor.

Hayat onlara kolay belki de. Olması gereken belki de böyle bir şey.

Ama ben öyle değilim. Olamıyorum da.. Belki de olmak istemiyorum. Her şeyi unutabilsek yaşamın ne anlamı kalır ki, Çin lokantalarında akvaryumlarda yüzen portakal rengi altın balıkların hayatları kadar boş olur her şey.

Düşünsene, o altın balıkları kimse yemiyor. Sadece arada insanın gözü takılıyor. Yaşıyorlar ama aynı zamanda ölüyorlar. Bazıları hayattan hiç bir iz bırakmadan gidiyor. Unutuluyorlar. Kimse mezarlarını ziyaret etmiyor. Kimse sözlerini hatırlamıyor. Kimse bir süre sonra adını bile hatırlamıyor.

Ben öyle olmadım. Altın balık. O muhteşem rengiyle altın balık. Bir akvaryumda geçen bütün bir ömür. Ne yazık...

Sevgilerimle

O.

CPSIA information can be obtained at www.ICGtesting.com
Printed in the USA
BVIW12n1949100517
483756BV00009B/85